Pikovaia dama

고려대학교 청소년문학시리즈 016

Pikovaia dama

알렉산드르 푸시킨
석영중 옮김

스페이드의 여왕

고려대학교출판부
KOREA UNIVERSITY PRESS

차례

스페이드의 여왕

스페이드의 여왕은
비밀스러운 악의를 의미한다.
—최근의 점술책 중에서

I

날씨가 궂은 날이면
그들은 종종
함께 모였다.
50에서 100으로
판돈을 두 배로 늘리며
— 신이여 그들을 용서하소서! —
돈을 따고
분필로 점수를
기록했다.
날씨가 궂은 날이면
그들은 이렇게
시간을 보냈다.

어느 날 근위 기병 나루모프의 집에서 카드놀이가 벌어졌다. 길고 긴 겨울밤은 눈 깜박할 사이에 지나갔다. 그들은 새벽 다섯 시가 되어서야 저녁 식탁에 앉았다. 이긴 패들은 왕성한 식욕을 보이며 먹었고 나머지 패들은 망연자실하게 빈 접시 앞에 앉아 있었다. 그러나 샴페인이 나오자 대화는 활기를 띠기 시작했고 모두들 한마디씩 거들었다.

"자넨 어땠나?" 주인이 물었다.

"잃었어. 늘 그렇지. 아무래도 난 재수가 없나 보이. 미란돌을 하면서 절대로 흥분하지 않고 정신을 집중해도 늘 잃기만 하니!"

"자네는 한 번도 넘어가지 않았지? 한 번도 같은 패에 잇따라 걸지 않았지? …보통 의지가 아니군." "게르만은 어떻고!" 손님 중의 한 사람이 젊은 공병 사관을 가리키며 말했다. "태어나서 한 번도 카드를 잡아 본 적도 없고 파롤리 한 번 해 본 적이 없는데도 새벽 다섯 시까지 우리랑 앉아서 노름하는 것을 구경하다니!"

"노름은 무척 재미있네." 게르만이 말했다. "그렇지만 여분의 돈을 따려고 꼭 필요한 돈을 희생시킬 처지가 못 되네."

II

"게르만은 독일 사람이야. 그러니 빈틈이 없지. 그뿐이라고." 톰스키가 지적했다. "그런데 정말 이해할 수 없는 사람이 있다면 그건 우리 할머니 안나 페도토브나 백작부인이라고."

"누구? 어쨌기에?" 손님들이 소리쳤다.

"알다가도 모를 일이야," 톰스키가 계속 말했다. "할머니가 어쩌다가 노름을 안 하시게 되었는지!"

"그게 뭐 어때서." 나루모프가 말했다. "80 먹은 노인네가 노름을 안 하는 게 뭐가 이상해?"

"자네 정말 우리 할머니 얘기 모르나?"

"아니! 전혀 몰라!"

"아, 그럼 들어 보게.

먼저 알아 둘 것이 있네. 우리 할머니는 60년 전에 파리에 가셨더랬는데 거기서 인기를 한 몸에 끌었지. '모스크바에서 온 비너스'를 보려고 사람들이 줄줄이 쫓아다녔지. 리슐리외도 할머니 꽁무니를 따라다녔는데 할머니 말에 의하면 할머니가 하도 냉혹하게 대해 하마터면 권총으로 자살할 뻔했다는군.

당시 숙녀들은 파로 게임을 즐겼지. 어느 날 할머니는 궁궐에서 오를레앙 공과 구두로 약속을 하고 노름을 했는데 엄청나게 잃고 말았어. 집에 돌아온 할머니는 얼굴에 붙였던 애교점을 떼고 테를 넣어 부풀린 스커트를 벗으면서 할아버지한테 노름에서 진 얘기를 하고는 그걸 갚아 달라고 말했어.

내 기억으로 돌아가신 할아버지는 할머니의 하인이나 마찬가지였어. 할아버니는 할머니를 불을 보듯 무서워했어. 그렇지만 그렇게 큰돈을 잃었다는 얘길 들으시고는 완전히 이성을 잃으셨어. 주판을 가져와서 반년 동안 두 분이 50만 루블을 탕진했다는 것, 파리에는 모스크바 근교나 사라토프의 영지 같은 것이 없다는 것 등을 설명해 주시고 노름빚의 변제를 딱 잘라 거절했어. 할머니는 할아버지의 따귀를 한 대 갈기고 혼자 주무셨어. 그걸로 당신의 불만을 표시한 거지.

다음 날 그녀는 부부관계상의 징벌이 효력을 발했으리라 기대하면서 남편을 불렀지만 남편은 요지부동이었어. 난생처음 할머니는 할아버지한테 따지기도 하고 변명도

해 보았어. 살다 보면 빚도 지게 마련이다, 공작과 마부는 엄연히 다르다, 등등 알랑거리며 할아버지를 구워삶으려 했지. 그렇지만 웬걸! 할아버지는 버럭 화를 내셨어. 안 된다면 안 되는 거야! 할머니는 어찌할 바를 모르게 되었지.

할머니는 매우 유력한 인사와 가깝게 지내고 있었어. 자네들도 생제르맹 백작이란 이름을 들어 보았을 거야. 그 사람에 관해서는 괴이한 소문이 무성했었지. 자네들도 알겠지만 그는 영원한 유태인을 자처하고 자기가 불로불사약이며 현자의 돌 같은 걸 발명했다고 떠들고 다녔어. 사람들은 그가 사기꾼이라고 비웃었고 카사노바는 회고록에서 그가 스파이였다고 말하기도 했어. 그런데 생제르맹은 이런 불가사의한 점들에도 불구하고 생긴 게 멀쩡했던 지라 사교계에서는 꽤 인기를 끌었지. 우리 할머니는 지금까지도 그자를 정신없이 좋아하셔서 그자에 대해 불공한 얘기를 하면 화를 벌컥 내신다네. 할머니는 생제르맹이 거금을 융통할 수 있다는 걸 알고 계셨어. 그래서 그자에게 도움을 청하기로 하셨네. 그에게 편지를 보내 빨리 와 달라고 하셨지.

이 늙은 기인이 득달같이 달려와 보니 할머니는 엄청난 슬픔에 잠겨 있었네. 할머니는 남편의 야만성을 처절한 어조로 성토하고는 모든 희망은 그의 우정과 친절에 달려 있다고 못 박았지.

생제르맹은 곰곰이 생각했어. 그러고는 이렇게 말했어. '당신한테 그 정도 액수는 조달해 드릴 수 있습니다. 그러나 당신은 저한테 그 돈을 다 갚을 때까진 마음이 편치 않을 겁니다. 저는 당신한테 새로운 걱정거리를 드리고 싶지 않습니다. 그러니 다른 방법을 써 봅시다. 잃은 돈을 다시 따면 됩니다.'

'그건 안 돼요, 친애하는 백작님.' 할머니가 대답했어. '저희는 동전 한 닢 없다니까요.' '돈은 필요 없습니다.' 생제르맹이 반박했어. '제발 제 말씀을 들어 보십시오.' 여기서 그는 한 가지 비밀을 가르쳐 주었어. 그 비밀을 알아낼 수만 있다면 우리는 무슨 대가라도 치르려 할 걸세…."

젊은 노름꾼들의 관심은 두 배로 커졌다. 톰스키는 파이프에 불을 붙이고 한 모금 빤 다음 말을 계속했다.

"할머니는 그날 저녁 당장 베르사유 궁에서 벌어진 '여왕 게임'에 나타나셨어. 오를레앙 공이 물주였어. 할머니는 대충 이유를 꾸며 대어 빚 갚을 돈을 가져오지 못한 것에 대해 가볍게 양해를 구하시고 그를 상대로 노름을 시작했어. 할머니는 세 장의 카드를 골라 차례로 걸었어. 세 장의 카드는 스트레이트로 모두 이겼고 할머니는 잃었던 돈을 모두 되찾으셨어."

"우연의 일치야!" 손님 중의 한 사람이 소리쳤다.

"꾸며 낸 이야기야!" 게르만이 말했다.

"카드에 표시를 해 뒀을걸?" 세 번째 사람이 말을 받았다.

"그렇게 생각은 안 해." 톰스키가 엄숙하게 말했다.

"원 세상에!" 나루모프가 말했다. "자네한테는 끝발 좋은 카드를 석 장씩이나 연속해서 뽑아 내는 할머니가 계신데 여태껏 그 비법을 알아내지 못했다는 건가?"

"그게 쉽지가 않다니까!" 톰스키가 대답했다. "할머니한테는 아들이 넷 있었어. 우리 아버지도 그중의 하나였지. 네 아들 모두 지독한 노름꾼이었어. 그런데 그중 누구한테도 비법을 안 가르쳐 주셨어. 가르쳐 주셨더라면 아들들한테, 심지어 나한테까지도 좋은 일이었을 텐데. 그런데 우리 아저씨, 그러니까 이반 일리치 백작이 명예를 걸고 나한테 들려준 얘기가 있어. 돌아가신 차플리츠키, 그러니까 저 왜 있잖아, 수백만을 탕진하고 알거지가 되어 죽은 그 사람 말이야. 그가 젊어서 한때—아마도 조리치한테라고 기억되는데—거의 30만 루블을 잃은 적이 있다더군. 그래서 실의에 빠져 있었지. 그런데 젊은 놈팡이들의 장난에 대해서는 언제나 엄격하기만 했던 우리 할머니가 어쩐 일인지 차플리츠키한테는 동정을 느끼셨어. 할머니는 반드시 세 장을 차례로 걸어야 한다고 말씀하시면서 그 세 장의 카드를 가르쳐 주셨어. 그리고 앞으로 절대로 노름을 하지 않겠다는 다짐을 받아 두셨어. 차플리츠키는 자기한테 돈을 딴 자에게 갔어. 그들은 노름을 시작했어. 차플리츠키는 첫 번째 카드에 5만 루블을 걸고 단번에 이겼어. 그는 판돈을 두 배로 늘리고, 그것을 또 두 배로 늘렸어. 그래서 잃은 돈을 다 찾고도 더 땄지…

그렇지만 이제 그만 자자고. 벌써 6시 15분 전이야."

정말로 벌써 동이 트고 있었다. 젊은이들은 술잔을 비우고 제각기 흩어졌다.

II

선생께선 정말로 하녀들을
더 좋아하시는군요.
그럼 어떡합니까, 부인?
그네들이 더 싱싱한걸요.
—사교계의 환담 중에서.

노백작부인 ***은 드레스룸의 거울 앞에 앉아 있었다. 세 명의 처녀들이 그녀를 에워싸고 있었다. 한 명은 연지통을, 다른 한 명은 핀 상자를, 다른 한 명은 타오르는 붉은 빛 리본이 달린 높다란 모자를 들고 있었다. 백작부인은 이미 오래전에 시들어 버린 자신의 미모를 자랑하려는 마음은 조금도 없었지만 청춘의 습관만큼은 아직도 버리지 못해 1770년대 유행을 엄격히 고수하였으며 60년 전과 마찬가지로 오랫동안 그리고 열과 성을 다해 옷치장을 했다. 창가에는 그녀가 보살펴 주는 아가씨가 자수틀을 앞에 놓고 앉아 있었다.

"안녕하세요, 할머니." 젊은 장교가 들어오면서 말했다.

"봉주르, 마드무아젤 리자. 할머니, 부탁이 있어서 왔어요."

"무슨 일이냐, 폴?"

"제 친구 중의 한 녀석을 할머님께 소개해 드리고 싶어서요. 금요일 무도회에 녀석을 데려가게 허락해 주셨으면 하는데요."

"무도회에 바로 데려오렴. 거기서 소개하면 될 것 아니냐. 너 엊저녁에 *** 댁에 갔었느냐?"

"그럼요! 정말 재미 있었어요. 새벽 5시까지 춤을 추었답니다. 옐레츠카야가 어찌나 매력적이던지요!"

"에라, 이 녀석아! 걔가 뭐가 매력적이냐? 그래 걔가 할머니 다리야 페트로브나 공작부인만큼 예쁘더냐?… 참, 모르긴 해도, 많이 늙으셨지, 공작부인 다리야 페트로브나도?"

"늙다니요?" 톰스키가 어안이 벙벙해 대답했다. "돌아가신 지 벌써 7년이나 되는데요."

아가씨가 고개를 들어 청년에게 눈짓을 했다. 그는 동년배 노인들의 죽음을 노백작부인에게는 감추어 왔다는 걸 기억하고는 입술을 깨물었다. 그러나 백작부인은 자기로 선 금시초문인 소식을 아무렇지도 않게 받아넘겼다.

"죽었다고!" 그녀가 말했다. "난 몰랐었는데! 우린 함께 궁중 여관女官에 뽑혔었단다. 우리가 입궁했을 때, 여제 폐하께서는…."

백작부인은 백 번쯤 한 얘기를 손자에게 들려주었다.

"어쨌든, 폴!" 잠시 후 그녀가 말했다. "나 좀 일어나게 도와 다오. 리잔카, 내 담뱃갑은 어디 있지?"

그러더니 백작부인은 처녀들과 함께 옷치장을 마저 하러 칸막이 뒤로 갔다. 톰스키는 아가씨와 단둘이 남겨졌다.

"당신이 소개하려는 사람이 누군가요?" 리자베타 이바노브나가 조용조용 물었다.

"나루모프. 그 사람을 아나요?"

"아뇨! 문관이에요, 무관이에요?"

"무관이지요."

"공병인가요?"

"아니요! 기병이에요. 그런데 왜 그가 공병이라고 생각했지요?"

아가씨는 웃기만 할 뿐 아무런 대답도 하지 않았다.

"폴!" 칸막이 너머에서 백작부인이 소리쳤다. "아무거나 새 소설 한 권만 갖다 다오. 요즘 소설만은 제발 관두고."

"무슨 뜻이에요, 할머니?"

"주인공이 아버지나 어머니를 목졸라 죽이거나 누군가가 물에 빠져 죽는 그런 소설 말이다. 물에 빠져 죽은 사람은 정말 무섭단 말이다!"

"요즘엔 그런 소설 없어요. 러시아 소설은 싫으시죠?"

"아니 러시아 소설이란 것도 있니?… 하여튼 가져와 봐, 꼭이다!"

"그만 가 볼게요, 할머니. 바쁜 일이 있어서… 리자베타 이바노브나 잘 있어요! 당신은 어째서 나루모프가 공병이라고 생각했을까요?"

그리고 톰스키는 드레스룸에서 나갔다.

리자베타 이바노브나는 혼자 남았다. 그녀는 하던 일을 멈추고 창밖을 내다보기 시작했다. 곧 길 건너편 모퉁이 집 쪽에서 젊은 장교가 모습을 드러냈다. 그녀의 두 뺨이 빨갛게 달아올랐다. 그녀는 다시 일감을 손에 잡고 자수천 위에 얼굴을 처박다시피 했다. 이때 완전히 옷을 차려입은 백작부인이 들어왔다.

"리잔카, 마차를 준비시켜라." 그녀가 말했다. "산책이나 나가자."

리잔카는 자수틀에서 일어나 일감을 치우기 시작했다.

"아니 뭐하는 거야! 귀가 먹었니!" 백작부인이 소리쳤다. "냉큼 마차를 준비시키라니까."

"곧 가요!" 아가씨는 모기 소리만 하게 대답하고는 현관으로 뛰어갔다.

하인이 들어와서 파벨 알렉산드로비치 공작이 보낸 책을 전했다.

"좋아! 고마운 일이야." 백작부인이 말했다. "리잔카, 리잔카! 어딜 그렇게 뛰어가니?"

"옷 갈아입으려요."

"시간은 충분하다. 여기 좀 앉거라. 첫 권을 펼치고 큰 소리로 읽어 보아라…."

아가씨는 책을 들고 몇 줄을 읽었다.

"좀더 큰 소리로!" 백작부인이 말했다. "대체 어쩐 일이냐, 애야? 목구멍에 탈이라도 난 게야?… 잠깐 기다려 봐

라. 의자를 이쪽으로 잡아당겨, 더 가까이… 옳지!"

리자베타 이바노브나는 두 페이지를 더 읽었다. 백작부인은 하품을 했다.

"그 책은 그만 집어치워라." 그녀가 말했다. "그게 다 무슨 헛소리야! 파벨 공작한테 도로 갖다 줘라. 고맙다는 말 잊지 말고… 그런데 마차는 어떻게 되었지?"

"마차는 준비되었어요." 리자베타 이바노브나가 거리 쪽을 흘끗 보며 말했다.

"그런데 왜 아직도 옷을 안 갈아입은 게냐?" 백작부인이 말했다. "언제나 너를 기다려야 한단 말이냐! 정말 지긋지긋해."

리자는 자기 방으로 뛰어갔다. 2분도 채 못 돼서 백작부인은 있는 힘을 다해 벨을 울려 대기 시작했다. 한쪽 문으로 세 명의 하녀가, 다른 문으로는 하인이 뛰어 들어왔다.

"빨리빨리 올 것이지, 귀들이 먹었니?" 백작부인이 그들에게 말했다. "리자베타 이바노브나한테 내가 기다리고 있다고 말해라."

리자베타 이바노브나는 망토에 모자를 쓰고 들어왔다.

"드디어 오셨군!" 백작부인이 말했다. "차려입은 꼬락서니 하고! 무슨 속셈이냐? … 누굴 꾀려고?… 참, 날씨는 어떠냐? 바람이 사나운 것 같은데."

"천만에요, 마님! 아주 잠잠한뎁쇼." 하인이 말했다.

"너희들은 언제나 되는대로 지껄이는구나! 곁창문 좀 열어 봐라. 저것 봐라. 바람이 들어오지 않니! 아이구 썰렁해라! 마차를 도로 물려! 리잔카, 나가는 건 그만두자. 공연히 차려입었네."

'이게 내 팔자로구나!' 리자베타 이바노브나는 생각했다.

사실 리자베타 이바노브나는 더할 나위 없이 불행한 피조물이었다. 단테가 말했듯이, 남의 빵은 쓰고 남의 집 문턱은 높은 법이다. 그러나 고귀한 노파의 가엾은 피후견인만큼 더부살이의 서러움을 잘 알 사람이 누구겠느냐? *** 백작부인은 물론 사악한 영혼의 소유자는 아니었다. 그러나 사교계의 응석받이로 자라난 여인답게 변덕스러웠으며 사랑하기를 끝마치고 과거에 묻혀 사는 모든 노인네들이 그러하듯 인색하였고 또 냉혹한 이기주의에 사로잡혀 있었다. 그녀는 거대한 상류사회의 모든 번잡한 일에 참견했으며 무도회에 등장하여 연지를 바르고 구닥다리 의상을 떨쳐입고서는 무도장의 기괴하고도 필수적인 장식품처럼 한구석에 앉아 있었다. 도착한 손님들은 정해진 의례에 따르듯 그녀에게 다가가 깊게 허리 굽혀 절하였고 그 다음부턴 아무도 그녀를 거들떠보지 않았다. 그녀는 에티켓을 엄격하게 지킨 나머지 얼굴도 못 알아보면서도 도시의 모든 사람들을 자기 집에 초대하곤 했다. 현관방이나 하녀방에서 살이 찌고 머리가 세어져 온 그녀의 수많은 하인들은 앞을 다투어 죽어 가는 노인네의 물건을 도둑질해 가며 무어든 제 하고 싶은 대로 하고 있었다. 리자베타 이바노브나는 그 집안의 순교자였다. 그녀가 차를 따르면 설탕이 너무 많이 들어갔다는 꾸지람이 들려왔다. 소설책을 큰 소리로 읽어 주면 저자의 모든 잘못이 그녀의 탓이라고 했다. 백작부인의 산책에 따라나서면 날씨며 도로 사정에 대해 책임을 져야 했다. 그녀는 일정 액수의 급료를 받기로 되어 있었지만 그것은 지급된 적이 한 번도 없었다. 그러면서도 그녀는 다른 사람들처럼, 그러니까 극소수의 선택된 여자들처럼 차려입을 것이 요구되었다. 사교계에서 그녀의 역할은 정말로 비참한 것이었다. 모든 사람이 그녀를 알고 있었지만 아무도 그녀를 거들떠보지 않았다. 무도회에서는 오로지 파트너가 모자랄 때만 춤을 추었으며 귀부인들은 오로지 드레스룸에 가서 옷매무새를 고칠 일이 있을 때만 그녀의 팔짱을 끼었다. 그녀는 자존심이 강한 여자였고 자신의 처지를 누구보다 잘 알고 있었기에 구원자를 초조하게 기다리며 주위를 둘러보았다. 그러나 경박한 허영심에 들떠 치밀하게 계산하는 젊은이들은 비록 리자베타 이바노브나가 자기들이 들러붙어 있는 파렴치하고 냉혹한 신붓감들보다 백 배나 사랑스러웠지만 그녀에겐 눈길 한 번 주지 않았다. 지루하고 화려한 거실을 조용히 빠져나와 벽지를 바른 칸막이와 화장대와 작은 거울과 칠을 한 침대가 있고 청동 촛대에서 기름 먹인 양초가 희미하게 타고 있는 초라한 자기 방에 가서 목놓아 운 것이 몇 번이던가!

어느 날—이것은 맨 처음에 이야기한 저녁 모임의 이틀 후, 그리고 우리가 말하다가 멈춘 장면으로부터 일주일 전에 일어났다—리자베타 이바노브나는 창가에 앉아 수를 놓다가 문득 창밖을 바라보았다. 그랬더니 어느 젊은 공병 장교가 꼼짝않고 서서 그녀의 창쪽을 뚫어지게 바라보고 있는 것이 아닌가. 그녀는 고개를 숙이고 다시 수를 놓다가 5분쯤 후에 다시 창밖을 보았다. 젊은 공병은 아직도 그 자리에 서 있었다. 자나가는 장교들과 농탕질하는 데 익숙지 않던 그녀는 거리를 내다보는 일을 그만두고 두 시간가량 고개 한 번 들지 않고 바느질을 했다. 점심을 먹으라고 알려왔다. 그녀는 일어나서 일감을 치우기 시작했다. 그러다가 무심코 창밖을 내다보았는데 장교는 여전히 거기 있었다. 그녀는 참으로 이상하단 생각이 들었다. 식사를 마치고 그녀는 모종의 불안을 느끼며 창가로 다가갔다. 그러나 장교는 이미 사라진 뒤였고 그녀는 그에 관해 까맣게 잊어버렸다…

이틀쯤 후, 백작부인과 함께 마차를 타러 나가다가 그녀는 다시 그를 보았다. 그는 비버털 깃으로 얼굴을 가리고 서 바로 현관 앞에 서 있었다. 모자 아래에서 검은 눈동자가 번쩍거리고 있었다. 리자베타 이바노브나는 왠지 모르게 섬뜩한 느낌이 들어 형언할 수 없는 전율을 느끼며 마차에 올랐다.

집에 돌아와서 그녀는 창가로 달려갔다. 장교는 아까 그 자리에 서서 그녀를 뚫어지게 바라보았다. 그녀는 호기심으로 미칠 지경이 되어 창가에서 물러났다. 생전 처음 느끼는 감정으로 가슴이 두근거렸다.

그때부터 젊은이는 하루도 안 빼놓고 정해진 시간에 그녀 집의 창 아래 나타났다. 그와 그녀 사이에는 암묵적인 관계가 성립되었다. 그녀는 일감을 잡고 늘 앉는 자리에 앉아서 그가 다가옴을 느꼈다. 그녀는 고개를 들어 그를 바라보았고 그를 바라보는 시간은 날마다 길어져 갔다. 청년은 그것을 고맙게 생각하는 것 같았다. 그녀는 자기들의 시선이 마주칠 때마다 그의 창백한 두 뺨에 재빨리 홍조가 덮이는 것을 처녀의 예리한 눈으로 간파했다. 일주일이 지나자 그녀는 그에게 미소를 보냈다…

톰스키가 백작부인에게 자기 친구를 소개해 줄 것을 허락해 달라고 말했을 때 가엾은 처녀의 가슴은 두방망이질 쳤다. 그러나 나루모프가 공병이 아니라 근위 기병이라는 사실을 알고는 조심성 없는 질문으로 경솔한 톰스키에게 자신의 비밀을 내보인 것을 후회했다.

게르만의 아버지는 러시아에 귀화한 독일인으로 아들에게 얼마 안 되는 현금을 물려주었다. 자립의 필요성을 절감한 게르만은 이자 수입에는 손도 안 대고 봉급만으로 살아갔으며 조금의 낭비도 스스로에게 허용하지 않았다. 한편 그는 마음을 좀처럼 털어놓지 않는 성격에다 야심가였기 때문에 친구들은 그의 과도한 검약을 비웃을 기회를 거의 갖지 못했다. 그는 그는 강렬한 열정과 불같은 상상력의 소유자였지만 굳건한 의지의 힘으로 보통 청년들이 겪는 방종을 피해 갈 수 있었다. 예를 들어, 그는 타고난 노름꾼이면서도 절대로 카드를 손에 잡지 않았다. (그의 표현을 빌리자면) "여분의 돈을 따려고 꼭 필요한 돈을 희생시킬 처지가 아니다"라는 계산에서였다. 그러면서도 밤새도록 노름판에 눌러앉아 열병에 걸린 사람마냥 부들부들 떨며 노름의 다양한 형국을 지켜보았다.

카드 세 장에 관한 일화는 그의 상상력에 강력한 영향을 미쳤고 밤새도록 그의 뇌리에서 떠나지를 않았다. "만약에," 그는 다음 날 저녁 페테르부르크의 거리를 쏘다니며 생각했다. "만약에, 노백작부인이 나한테 그 비밀을 가르쳐 주면 어떻게 될까! 아니면 확실한 패 석 장을 가르쳐 준다면! 한번 행운을 시험해 보지 말란 법이 있을까?… 그 노파한테 접근해서 환심을 사든가, 아예 정부 노릇을 하면 어떨까. 그렇지만 이 모든 것은 시간이 너무 걸려. 노파는 여든일곱 살이고 일주일 후라도, 아니 당장 내일모레라도 죽을지 몰라!… 그리고 그 일화는 또 어떤가?… 정말 믿어도 될까?… 아니야! 절약, 절제, 근면, 이것의 나의 믿을 만한 패다. 이것들이 나의 재산을 세 배, 일곱 배로 늘려 줄 것이고 나에게 평화와 자립을 안겨 줄 것이다!"

이런 식으로 궁리를 하며 걷다가 정신을 차려 보니 그는 페테르부르크의 주요 거리 중의 하나에 있는 고풍스러운 저택 앞에 다다라 있었다. 거리는 탈것으로 미어터졌고 환하게 불을 밝혀 놓은 현관으로 마차들이 줄줄이 도착했다. 마차에서는 연신 젊은 미녀의 날씬한 다리며 절컥거리는 기병 장화며 줄무늬 스타킹이며 외교관의 구두 등이 빠져나왔다. 모피와 망토들이 근엄한 문지기 옆을 지나갔다. 게르만은 걸음을 멈추었다.

"여기가 뉘 댁이오?" 그는 길모퉁이의 수위에게 물어보았다.

"*** 백작부인 댁이오." 수위가 대답했다.

게르만은 부르르 몸을 떨었다. 저 놀라운 일화가 다시 그의 머리에 떠올랐다. 그는 집주인과 그녀의 신비한 능력에 관해 곰곰이 생각하며 집 주위를 어슬렁거렸다. 밤늦게서야 그는 자신의 초라한 숙소로 돌아왔다. 오랫동안 뒤척이다가 마침내 잠이 들었을 때 카드장들과 녹색 테이블과 지폐 다발과 금화 더미가 꿈에 나타났다. 그는 카드 한 장 한 장에 돈을 걸다가 판돈을 과감하게 두 배로 늘렸고 끝없이 돈을 땄다. 그는 금화를 그러모으고 주머니를 돈다발로 가득 채웠다. 아침 늦게서야 잠에서 깬 그는 환상적인 재산이 모두 사라진 것을 아쉬워하며 한숨을 쉬었다. 그는 또다시 밖으로 나가 시내를 배회하다가 얼떨결에 또다시 ***백작부인의 저택 앞까지 가고 말았다. 알지 못할 어떤 힘이 그를 그쪽으로 잡아끄는 것 같았다. 그는 걸음을 멈추고 창문을 바라보기 시작했다. 창문 하나에 검은 머리의 여자가 책이거나 바느질감인 듯싶은 것에 고개를 숙이고 있는 것이 보였다. 그녀가 고개를 들었다. 게르만의 눈에 작고 싱그러운 얼굴과 검은 눈동자가 들어왔다. 이 순간 그의 운명은 결정되었다.

III

나의 천사여, 당신은 지난번 편지를
다 읽기도 전에 또 넉 장이나 되는 편지를
보내셨군요.
—어느 서신 왕래 중에서.

리자베타 이바노브나가 망토와 모자를 벗기가 무섭게 백작부인은 사람을 보내 다시 마차를 준비하라 일렀다. 그들은 마차를 타러 나갔다. 두 명의 하인이 노파를 부축해 막 마차 안에 밀어넣는 순간에 리자베타는 마차 바퀴 바로 옆에 서 있는 그 공병장교를 발견했다. 그는 그녀의 손을 잡았다. 놀란 그녀가 제정신을 차리기도 전에 청년은 사라졌다. 손에는 편지가 쥐어져 있었다. 그녀는 편지를 장갑

안에 감추었고 가는 동안 내내 아무것도 보지도 듣지도 못하였다. 백작부인은 마차를 타고 돌아다니는 동안 이것저것 묻는 습관이 있었다. "방금 우리가 만난 사람이 누구였지?" "저 다리는 이름이 뭐냐?" "저기 간판에 뭐라고 써 있는 거지?" 등등. 리자베타 이바노브나는 오늘만큼은 아무렇게나 되는대로 대답을 했고 백작부인은 진노했다.

"넌 대체 어떻게 돼먹은 거냐? 정신이 있어 없어? 내 말이 안 들리는 거야, 못 알아듣는 거야? …맙소사, 나도 아직 정신이 말짱해서 제대로 말을 하는데!"

리자베타 이바노브나는 그녀의 말을 듣지 않았다. 집에 도착하자 마자 그녀는 자기 방으로 달려가 장갑에서 편지를 꺼냈다. 편지는 봉합되어 있지 않았다. 그녀는 편지를 단숨에 읽었다. 편지는 사랑의 고백을 담고 있었다. 그것은 다정하고 정중했으며 한마디 한마디가 독일 소설에서 따온 것이었다. 그러나 리자베타 이바노브나는 독일어를 몰랐으므로 매우 만족했다.

그러나 그녀는 자기가 받은 편지 때문에 몹시 불안해졌다. 그녀는 난생처음 젊은 남자와 은밀하고 친밀한 관계를 맺게 된 것이었다. 그의 대담성이 그녀를 겁나게 했다. 그녀는 자신의 경솔함을 꾸짖었고 어찌할 바를 몰라 안절부절못했다. 창가에 앉는 것을 그만두고 무관심으로써 젊은 장교의 더 이상 접근하고 싶은 마음을 얼어붙게 만들어야 할까? 편지를 도로 돌려줄까? 냉정하고 단호한 답장을 쓸까? 그녀에겐 상의할 만한 사람이 아무도 없었다. 친구도 가정교사도 없었기 때문이다. 리자베타 이바노브나는 답장을 하기로 결정했다.

그녀는 책상 앞에 앉아 펜과 종이를 집어들고 생각에 잠겼다. 몇 번인가 편지를 시작했다가 찢어 버렸다. 말투가 너무 공손하게 느껴지기도 했고 또 너무 냉혹하게 느껴지기도 했다. 마침내 그녀는 몇 줄의 글을 썼고 만족스러워했다. 그녀는 이렇게 썼다. "저는 당신이 고상한 의도를 가지고 있었으며 그런 경솔한 행동으로 저를 모욕할 생각은 아니었다고 믿습니다. 그러나 우리의 교제가 그런 식으로 시작되어서는 안 됩니다. 당신의 편지를 되돌려 보냅니다. 그리고 앞으로는 이런 부당한 무례에 대해 제가 유감스러워할 일이 없기를 바랍니다."

다음 날 게르만이 걸어오는 것이 눈에 띄자 리자베타 이바노브나는 자수틀에서 일어나 홀로 나가 곁창문을 열고 젊은 장교의 민첩성을 기대하며 거리 쪽으로 편지를 던졌다. 게르만은 달려와 편지를 집어 들고는 과자 가게로 들어갔다. 봉인을 뜯자 자기가 보낸 편지와 리자베타의 답장이 나왔다. 그가 예상했던 대로였다. 그는 다음 계획을 골똘히 생각하며 집으로 돌아갔다.

그런 일이 있은 지 사흘 뒤에 여성용품 상점에서 눈매가 똘망똘망한 계집아이가 리자베타 이바노브나에게 편지를 가지고 왔다. 리자베타 이바노브나는 청구서라고 짐작하며 불안한 마음으로 그것을 열어 보았다. 게르만의 필체가 눈에 확 들어왔다.

"이봐요, 아가씨, 잘못 왔어요." 그녀는 말했다. "이 편지는 나한테 온 게 아니에요."

"아니에요, 댁한테 가는 것 맞아요!" 당찬 계집애는 교활한 웃음까지 지으며 대답했다. "어서 읽어 보세요!"

리자베타 이바노브나는 서둘러 편지를 읽어 내려갔다. 게르만은 밀회를 요구하고 있었다.

"말도 안 돼!" 그가 사용한 방법과 성급한 요구에 놀란 그녀가 말했다. "나한테 온 편지일 리가 없어!" 그러고는 편지를 갈가리 찢어 버렸다.

"댁한테 온 게 아니라면 왜 찢어 버리세요?" 계집애가 말했다. "보낸 사람한테 돌려줄 수도 있었는데."

"제발, 아가씨!" 그녀의 말에 얼굴을 붉히며 리자베타 이바노브나가 말했다. "앞으로는 이런 편지 가져오지 말아요. 그리고 이걸 보낸 사람한테 전해 주세요, 부끄럼을 아시라고…."

그러나 게르만은 물러서지 않았다. 리자베타 이바노브나는 매일같이 이런 저런 경로를 통해 그로부터 편지를 받았다. 편지들은 더 이상 독일 소설을 번역한 것이 아니었다. 게르만은 열정에 사로잡혀 썼으며 자기 나름의 언어로 말을 했다. 거기에는 불굴의 욕망과 자유분방하고 무질서한 상상력이 표현되어 있었다. 리자베타 이바노브나는 더 이상 그것들을 되돌려 보낼 생각을 하지 않았다. 그녀는 편지에 도취되어 있었고 답장을 보내기 시작했다. 그녀의 편지는 시시각각 길어져 갔고 또 다정해져 갔다. 마침내 그녀는 다음과 같은 편지를 써서 창밖으로 던졌다.

"오늘 *** 공사님 댁에서 무도회가 열립니다. 백작부인은 거기 가실 겁니다. 우리는 두어 시경까지 거기 머무를 겁니다. 당신과 내가 단둘이 만날 기회가 온 듯합니다. 백작부인이 출발하시면 하인들도 틀림없이 흩어질 것이고 현관에는 문지기만 있을 테지만 그는 대체로 자기 방으로 가 버립니다. 11시 반경에 오셔서 곧장 층계로 올라가세요. 만일 현관방에서 누군가와 마주치면 백작부인께서 집에 계시느냐고 물으세요. 그가 안 계시다고 대답하면 더 이상 방도가 없습니다. 당신은 돌아가셔야 합니다. 그렇지만 아마 아무도 만나지 않을 거예요. 하녀들은 모두 한방에 모여 있을 거예요. 현관에서 왼편으로 꺾어 그길로 곧장 가시면 백작부인의 침실이 나옵니다. 침실에 있는 칸막이 뒤편으로 가시면 문이 두 개 보일 겁니다. 오른쪽 문은 서재로 통하는 문인데 백작부인이 거기 들어가는 일은 좀처럼 없습니다. 복도로 통하는 왼쪽 문으로 나가시면 좁은 나선형 계단이 있습니다. 그 계단을 따라가시면 제 방이 나옵니다."

37

게르만은 약속 시간을 기다리며 호랑이처럼 부들부들 떨었다. 열 시경에 그는 벌써 백작부인의 저택 앞에 서 있었다. 날씨는 끔찍했다. 바람이 몰아치고 진눈깨비가 쏟아졌다. 가로등은 희미하게 빛나고 거리는 텅 비어 있었다. 가끔 가다 늦게 돌아가는 손님을 찾아 마차꾼이 말라빠진 말을 몰며 어슬렁어슬렁 지나갈 뿐이었다. 게르만은 프록코트만 입고서 바람도 눈발도 못 느끼며 서 있었다. 마침내 백작부인의 마차가 준비되었다. 게르만은 하인들이 담비털 외투로 휘감은 구부정한 노파를 부축해 나오는 걸 보았다. 그녀의 뒤에서는 얄팍한 망토를 걸치고 머리에는 생화를 꽂은 피후견인 처녀가 어른거렸다. 쾅 하고 문이 닫혔고 마차는 폭신한 눈길을 서서히 미끄러져 갔다. 문지기가 대문을 닫았다. 창문들은 어두워졌다. 게르만은 텅 빈 집 주위를 서성거리기 시작했다. 그는 가로등 앞으로 다가가 시계를 보았다. 11시 20분이었다. 그는 가로등 아래 서서 시곗바늘에 시선을 고정시킨 채 남은 시간이 가기를 기다렸다. 정확하게 11시 30분이 되자 그는 백작부인 저택으로 올라가는 층계를 통해 환하게 불이 밝혀진 현관으로 들어갔다. 문지기는 없었다. 게르만은 계단을 뛰어 올라가 현관방 문을 열었다. 등잔불 아래에 하인 한 사람이 낡고 더러운 의자 몇 개를 침대 삼아 잠들어 있었다. 게르만은 가볍고도 확신에 찬 걸음으로 그의 앞을 지나갔다. 거실과 홀은 깜깜했다. 현관방에서 흘러나오는 등잔 빛이 어슴프레하게 그곳을 밝혀 주고 있었다. 게르만은 침실로 들어갔다. 오래된 성상으로 가득 채워진 성상갑 앞에 황금으로 만든 현수등이 타오르고 있었다. 빛바랜 천을 씌운 안락의자, 금도금이 벗겨진 소파와 그 위에 놓인 푹신푹신한 쿠션들이 중국 벽지를 바른 벽 가까이에 서글픈 대칭을 이루며 놓여 있었다. 벽에는 파리에서 마담 르브룅이 그린 두 점의 초상화가 걸려 있었다. 그중 하나에는 얼굴에 홍조를 띤 마흔 살가량의 통통한 남자가 별이 달린 담녹색 군복을 입은 모습이 그려져 있었다. 다른 하나에는 관자놀이부터 빗어 올려 분을 뿌린 머리에 장미를 꽂은 매부리코의 젊은 미녀가 그려져 있었다. 방의 구석마다 자기로 만든 목동상, 유명한 르루아제 탁상시계, 룰렛판, 부채, 그리고 지난 세기 말 몽골피에 형제의 기구, 메스메르의 자력설과 함께 등장한 여러 가지 부인용 장난감 등이 가득 놓여 있었다. 게르만은 칸막이 뒤로 갔다. 거기에는 작은 철제 침대가 있었다. 오른편에는 서재로 통하는 문이, 왼편에는 복도로 통하는 문이 있었다. 게르만은 왼쪽 문을 열고 가엾은 피후견인 처녀의 방으로 이어지는 좁은 나선형 계단을 바라보았다… 그러나 그는 발길을 돌려 어두운 서재로 들어갔다.

시간은 천천히 지나갔다. 사방은 조용하기만 했다. 거실에서 시계가 12시를 쳤다. 방마다 시계들이 잇따라 12시를 알리더니 다시금 쥐 죽은 듯 조용해졌다. 게르만은 차가운 벽난로에 기대어 섰다. 그의 마음은 평온했다. 마치 위험하지만 피할 수 없는 일을 하기로 결정한 사람처럼 그의 심장은 차분하게 고동쳤다. 시계는 새벽 1시를 치고 또 2시를 쳤다. 멀리서 마차 소리가 들려왔다. 그는 자기도 모르게 흥분에 휩싸였다. 마차는 가까이 오더니 멈추었다. 철커덕 하고 발판 내려지는 소리가 들려왔다. 집 안이 술렁거렸다. 사람들이 뛰어다니고 말소리가 울려 퍼지더니 집 안에 불이 밝혀졌다. 세 명의 늙은 하녀가 침실로 뛰어들어오고 인사불성이 되다시피 한 백작부인이 들어와 볼테르식 의자에 털썩 주저앉았다. 게르만은 문틈으로 살펴보았다. 리자베타 이바노브나는 그의 앞을 지나갔다. 게르만은 그녀가 종종걸음으로 계단을 밟는 소리를 들었다. 그의 가슴속에서 양심의 가책과도 흡사한 어떤 것이 반향하는가 싶더니 다시 잠잠해졌다. 그는 온몸이 돌처럼 굳어져 버렸다.

백작부인은 거울 앞에서 옷을 갈아입기 시작했다. 하녀들이 장미꽃 장식이 달린 모자를 벗긴 다음 짧게 밀어 버린 백발 머리에 씌워져 있던 분 뿌린 가발을 떼어 냈다. 그녀의 주위에 핀들이 비오듯 떨어졌다. 은실로 수를 놓은 노란색 드레스가 그녀의 퉁퉁 부은 발 아래로 흘러 내렸다. 게르만은 그녀의 혐오스러운 옷치장 비밀을 목격한 셈이었다. 마침내 백작부인은 잠옷과 나이트캡 차림이 되었다. 나이에 더 어울리는 이런 치장을 하게 되자 그녀는 덜 끔찍하고 덜 추악해 보였다. 모든 노인네들이 그러하듯 백작부인은 불면증에 시달리고 있었다. 옷을 갈아입은 그녀는 창가의 볼테르식 의자에 앉아 하녀들을 모두 내보냈다. 촛불도 다 가져가게 하자 방 안에는 또다시 현수등 빛만 아른거렸다. 빛을 받아 전신이 샛노랗게 보이는 백작부인은 의자에 앉아 좌우로 몸을 흔들며 축 처진 입술로 무언가 중얼거렸다. 흐리멍덩한 두 눈은 그녀에게 아무런 생각도 없다는 것을 말해 주고 있었다. 그녀를 보고 있노라면 이 끔찍한 노파가 좌우로 흔들리고 있는 것은 그녀의 의지에 의한 것이라기보다 숨겨진 동전기動電氣의 효과 때문이라는 생각이 들 터였다.

갑자기 이 죽은 듯한 얼굴에 형용하기 어려운 변화가 일어났다. 입술은 중얼거리기를 중단했고 두 눈에는 생기가 되살아났다. 백작부인 앞에 낯선 남자가 서 있었던 것이다.

"놀라지 마세요, 제발, 놀라지 마세요!" 그는 낮고도 명료한 음성으로 말했다. "당신을 해칠 생각은 없습니다. 당신에게 한 가지 청탁이 있어서 왔을 뿐입니다."

노파는 말없이 그를 바라보기만 했다. 그의 목소리가 들리지 않는 것 같았다. 게르만은 그녀의 귀가 먹었다고 생각하여 귀에다 바짝 대고 같은 말을 중얼거렸다. 노파는 여전히 아무 말도 없었다.

"당신은," 게르만은 계속 말했다. "제 인생에 행복을 가져다줄 수 있습니다. 당신은 아무런 손해도 보지 않고서 말입니다. 저는 당신이 세 장의 카드를 연속적으로 알아맞힐 수 있다는 걸 압니다…."

게르만은 말을 멈추었다. 백작부인은 그가 무엇을 요구하는지 이해하는 것 같았다. 그리고 대답할 말을 찾고 있는 것 같았다.

"그건 농담이었어," 그녀가 마침내 입을 열었다. "맹세코! 그건 농담이었다고!"

"그런 건 농담을 하지 않는 법이죠!" 게르만은 화가 나서 소리를 질렀다. "당신이 잃은 돈을 되찾게끔 도와주었던 차플리츠키 생각을 해 보시죠."

백작부인은 당황한 빛이 역력했다. 그녀의 표정은 극심한 심적 변화를 보여 주었지만 그녀는 곧 방금 전의 무감각한 상태로 돌아갔다.

"당신은," 게르만은 계속 말했다. "그 석 장의 이기는 패를 가르쳐 줄 수 있겠죠?"

백작부인은 아무 말도 없었다. 게르만은 계속 말했다.

"대체 누굴 위해 비밀을 감추고 계십니까? 손자들? 그들은 그것을 몰라도 부유합니다. 그들은 돈의 가치를 모릅니다. 낭비하는 녀석에게는 당신의 카드 석 장도 쓸모가 없습니다. 부모의 유산도 지키지 못하는 놈들은 악마가 힘을 빌려 줘도 결국 거지로 죽게 되어 있어요. 저는 낭비하는 인간이 아닙니다. 저는 돈의 가치를 압니다. 당신의 카드 석 장은 저에게 헛되이 낭비되지 않을 겁니다. 자!"

그는 말을 멈추고 부들부들 떨며 그녀의 대답을 기다렸다. 백작부인은 여전히 아무 말도 하지 않았다. 게르만은 무릎을 꿇었다.

"만일 언젠가," 그가 말했다. "당신의 가슴이 사랑을 느낀 적이 있다면, 당신이 사랑의 환희를 기억하신다면, 당신이 단 한 번이라도 갓 태어난 아드님의 울음소리에 미소를 지은 적이 있다면, 당신 가슴속에 인간적인 그 무엇이 고동친 적이 있다면, 아내로서, 연인으로서, 어머니로서의 당신 감정에 걸고, 인생의 모든 신성한 것에 걸고 애원합니다, 제발 저의 부탁을 거절하지 말아 주세요! 당신의 비밀을 가르쳐 주세요! 당신한테 그게 무슨 소용이 있습니까? …어쩌면 그 비밀은 무서운 죄와, 영원한 행복의 상실과, 악마와의 계약과 관련되었을 수도 있습니다…생각해 보세요, 당신은 늙었고 살날도 얼마 안 남았습니다. 나는 기꺼이 내 영혼을 내주고 당신의 죄를 짊어지겠습니다. 당신의 비밀만 제게 가르쳐 주세요. 생각해 보세요, 한 인간의 행복이 당신 손에 달려 있습니다. 단지 나뿐이 아니라, 내 아이들, 손자들, 증손자들이 당신을 기리며 신성한 추억처럼…."

노파는 한마디 대꾸도 하지 않았다.

게르만은 일어섰다.

"이런 마귀할멈 같으니라고!" 그는 이를 악물고 말했다. "그렇다면 내가 입을 열게 해 주지…."

이 말과 함께 그는 주머니에서 피스톨을 꺼냈다.

피스톨을 보자 백작부인은 두 번째로 강한 감정을 드러내 보였다. 그녀는 총알을 막기라도 하듯 고개를 저으며 손을 들어 올렸다… 그러더니 뒤로 나자빠지고는… 꼼짝도 하지 않았다.

"어린애처럼 굴지 말라고," 게르만은 그녀의 손을 잡으며 말했다. "마지막으로 묻겠다. 석 장의 카드를 말해 줄 건가? 할 텐가, 안 할 텐가?"

백작부인은 대답하지 않았다. 게르만은 그녀가 죽었다는 것을 깨달았다.

IV

18**년 5월 7일
도덕심도 신앙도 없는 인간!
—서신 왕래 중에서

리자베타 이바노브나는 무도회 의상 차림으로 자기 방에 앉아 깊은 상념에 잠겨 있었다. 집에 돌아온 그녀는 잠이 덜 깬 하녀가 마지못해 시중을 들어주겠다는 걸 황급히 물리쳤다. 그녀는 혼자 옷을 갈아입겠다고 말한 뒤 전율을 느끼며 자기 방으로 들어갔다. 거기 게르만이 있기를 기대하는 마음과 없기를 바라는 마음이 반반이었다. 첫눈에 그의 부재를 확인한 그녀는 자기들의 밀회를 방해한 운명에 감사 드렸다. 그녀는 옷도 갈아입지 않은 채로 앉아서 그토록 짧은 시간 동안에 자신을 그토록 깊이 빠지게 한 모든 정황을 곰곰 되새겨 보기 시작했다. 그녀가 창밖에 서 있는 청년을 처음 본 지 3주일도 채 지나지 않았는데 그녀는 그와 편지를 주고받았고 그는 한밤의 밀회 약속을 그녀로부터 받아냈던 것이다! 그녀는 그가 보낸 몇몇 편지에 씌어진 서명을 통해서 그의 이름을 알았을 뿐, 그와 말해 본 적도 없고 그의 목소리를 들어 본 적도 없고 그에 관한 소문조차 들어 본 적이 없었다… 바로 오늘 밤까지. 기이한 관계였다! 바로 그날 밤 무도회에서 톰스키는 평소와 달리 다른 사나이에게 교태를 부리는 공작의 딸 폴리나에게 화가 났다. 그래서 앙갚음을 하려고 그녀에게 무관심한 태도를 보이며 리자베타 이바노브나에게 춤을 청하여 끝없이 마주르카를 추었다. 춤을 추는 동안 내내 그는 그녀가 공병장교에게 애착을 보인다고 놀려 대며 자신이 그녀가 상상하는 것보다 훨씬 많은 걸 알고 있다고 단언했다. 그의 몇몇 농담은 너무나도 사실과 들어맞아 리자베타 이바노브나는 자신의 비밀을 그가 알고 있다고 몇 번인가 생각하기까지 했다.

"그걸 전부 누구한테 들으셨어요?" 그녀가 미소를 지으며 물었다.

"당신이 알고 있는 인물의 친구한테서지요." 톰스키가 대답했다. "그 친구는 아주 대단한 사람이지요!"

"그 대단한 분의 성함이 어떻게 되지요?"

"게르만이라고 하죠."

리자베타 이바노브나는 아무런 대꾸도 하지 않았다. 그러나 사지에서 힘이 쭉 빠졌다…

"이 게르만이란 친구는," 톰스키가 계속 말했다. "진짜 낭만적인 인간이죠. 나폴레옹의 외모와 메피스토펠레스의 영혼을 가졌다고나 할까요. 제 생각에 그 친구는 양심에 걸리는 악행을 적어도 세 가지는 저질렀을 겁니다. 아니 왜 그렇게 얼굴이 창백합니까!…

"머리가 아파서… 그 게르만인가 하는 분이 당신에게 뭐라고 하던가요?…"

"게르만은 자기 친구가 하는 짓이 영 마음에 안 든다고 합니다. 자기가 그의 입장이었다면 전혀 다르게 행동했을 거라고… 게르만이 당신에게 마음이 있는 게 아닐까 하는 생각이 들 정도였지요. 적어도 그는 사랑에 빠진 친구의 하소연을 무척 주의 깊게 듣고 있었으니까요."

"그렇다면 그분이 절 어디서 보았을까요?"

"성당이나, 아니면 뭐 산책길에서! …그거야 누가 알겠습니까! 어쩌면 당신이 잠든 사이에 당신 방에 갔었는지도 모르죠. 그러고도 남을 사람이니까…."

세 명의 귀부인이 그들에게 다가와 "망각이요 후회요?"라고 묻는 바람에 리자베타 이바노브나에게 고통스러울 정도로 흥미로워지기 시작했던 대화는 중단되고 말았다.

톰스키가 선택한 아가씨는 바로 공작의 딸 ***였다. 그녀는 그와 함께 하염없이 빙글빙글 돌며 춤을 추는 동안 모든 오해를 말끔히 씻어 버리는 데 성공하고는 자기 자리에 앉았다. 자기 자리에 돌아온 톰스키는 게르만이나 리자베타에 관해서는 더 이상 생각하지 않았다. 그녀는 어떻게 해서든 끊겼던 대화를 다시 시작하고 싶었지만 마주르카는 끝났고 백작부인은 바로 무도회를 떠났다.

톰스키의 말은 마주르카에 늘 따라다니는 허풍에 불과했지만 그것은 몽상적인 젊은 처녀의 가슴속에 깊이 새겨졌다. 톰스키가 대충 그려 준 초상화는 그녀가 상상했던 이미지와 일치했으며 최근의 소설 덕분에 게르만의 범속한 인상은 그녀의 상상력을 위협하고 또 사로잡았다. 그녀는 여전히 꽃이 꽂혀 있는 머리를 드러난 가슴 위로 숙인 채 아무것도 걸치지 않은 두 팔을 포개고 앉아 있었다… 갑자기 문이 열리고 게르만이 들어왔다. 그녀는 몸을 떨었다…

"아니 어디 계셨더랬어요?" 그녀가 놀란 목소리를 죽여가며 말했다.

"노백작부인의 침실이오." 게르만이 대답했다. "지금 막 거기서 나오는 길입니다. 백작부인은 죽었습니다."

"맙소사! 무슨 말씀을 하시는 거예요?…"

"그리고." 게르만이 계속 말했다. "저 때문에 죽은 것 같습니다."

리자베타 이바노브나는 그를 쳐다보았다. 톰스키의 말이 그녀의 가슴속에서 울려퍼졌다. '그 친구는 양심에 걸리는 악행을 적어도 세 가지는 저질렀을 겁니다!' 게르만은 그녀 곁의 창턱에 앉아 모든 것을 이야기했다.

리자베타 이바노브나는 공포에 질려 그의 이야기를 들

었다. 그러니까, 저 정열적인 편지들, 저 불타는 격정의 요구, 대담하고도 끈질긴 구애, 이 모든 것은 사랑이 아니었던 것이다! 돈 — 이것이야말로 그의 영혼이 갈구했던 대상이었다! 그의 욕망을 만족시켜 주고 그를 행복하게 해줄 수 있는 것은 그녀가 아니었다! 불쌍한 피후견인 아가씨는 자신의 늙은 은인을 살해한 강도의 눈먼 공범에 불과했던 것이다!… 그녀는 때늦은 후회에 몸서리치며 서럽게 울기 시작했다. 그는 말없이 그녀를 바라만 보았다. 그의 마음도 아픈 것은 사실이었지만 불쌍한 처녀의 눈물도, 슬픔에 잠긴 그녀의 놀랄 만큼 매력적인 모습도 그의 냉엄한 영혼을 뒤흔들어 놓지 못했다. 죽은 노파를 생각해도 양심의 가책이 느껴지지 않았다. 오로지 자신이 부자가 될 수 있는 비밀을 영원히 상실했다는 사실 한 가지만이 그를 공포에 질리게 했다.

"당신은 괴물이에요!" 마침내 리자베타 이바노브나가 입을 열었다.

"백작부인이 죽기를 바란 것은 아니었습니다." 게르만이 대꾸했다. "내 피스톨은 장전도 되어 있지 않았으니까."

그들은 침묵했다.

날이 밝아 왔다. 리자베타 이바노브나는 거의 다 타 버린 촛불을 껐다. 희미한 빛이 그녀의 방을 밝혀 주었다. 그녀는 눈물을 닦아내고 게르만을 올려다보았다. 그는 팔짱을 낀 채 무섭게 찌푸린 얼굴로 창턱에 앉아 있었다. 그런 모습은 나폴레옹의 초상화와 놀랄 만큼 흡사했다. 이 유사함은 리자베타 이바노브나까지도 놀라게 했다.

"어떻게 이 집에서 빠져나가실 건가요?" 마침내 리자베타 이바노브나가 말했다. "비밀계단으로 안내해 드릴 작정이었어요. 하지만 그러려면 침실을 통해 가야 하는데 전 무서워요."

"비밀계단이 어디 있는지 말해 주십시오. 혼자 나가겠습니다."

리자베타 이바노브나는 일어나서 장롱에서 열쇠를 꺼내 게르만에게 주고 나가는 길을 자세하게 가르쳐 주었다. 게르만은 그녀의 차갑고 무반응한 손을 잡고는 수그린 머리에 입을 맞추고 나갔다.

그는 나선형 계단을 내려가 다시 백작부인의 침실로 들

어갔다. 죽은 노파는 돌처럼 굳은 채 앉아 있었다. 그녀의 얼굴에는 평온함이 깊이 새겨져 있었다. 게르만은 그녀 앞에 걸음을 멈추고 마치 무서운 진실을 확인하려는 듯이 오랫동안 그녀를 바라보았다. 마침내 그는 서재로 들어갔다. 벽걸이 뒤에 있는 문을 더듬어 찾아내고는 기묘한 흥분을 느끼며 어두운 계단을 내려가기 시작했다. 어쩌면 60여 년 전, 바로 이 시간에 바로 이 계단을 통해 수놓은 카프탄을 입고 머리는 "학처럼" 빗어 넘긴 젊은 행운아가 삼각모자를 가슴에 안고 이 침실에 숨어들었을지도 모른다는 생각이, 그리고 그는 벌써 오래전에 무덤의 흙으로 돌아가 버렸겠지만 그가 사랑했던 여인의 늙은 심장은 오늘 고동을 멈추었다는 생각이 들었다…

게르만은 계단 아래에 있는 문을 찾아 리자베타가 준 열쇠로 열고 나갔다. 정신을 차려 보니 그는 거리로 통하는 복도에 나와 있었다.

V

그날 밤, 죽은 남작 부인 폰 V***가
나한테 찾아왔다. 그녀는
새하얗게 차려입고 이렇게 말했다.
"안녕하세요, 참사관님!"
—스베덴보리

저 운명의 밤으로부터 사흘 뒤 게르만은 아침 9시에 *** 수도원으로 출발했다. 거기서는 죽은 백작부인의 장례식이 거행될 예정이었다. 가책을 느끼지는 않았지만 '너는 노파를 죽였어!'라고 한사코 외쳐 대는 양심의 목소리를 완전히 잠재울 수는 없었다. 그는 진정한 신앙심이란 거의 모르고 지냈지만 대신 여러 가지 미신을 믿고 있었다. 그는 죽은 백작부인이 자신의 삶에 해를 끼칠 수도 있다는 것을 믿었고 그녀에게 용서를 구하기 위해 장례식에 참석하기로 작정했다.

성당은 만원이었다. 게르만은 간신히 사람들을 헤치고 들어갔다. 관은 비로드 천개가 덮인 값비싼 영구대 위에 놓여 있었다. 그 안에는 레이스 두건에 하얀 공단 옷을 입은 고인이 두 손을 가슴에 모은 채 누워 있었다. 주위에는 그녀의 식솔들이 빙 둘러서 있었다. 하인들은 어깨에 문장 리본이 달린 검은 카프탄을 입고 손에는 촛불을 들고 있었다. 유족들—자녀들, 손자들, 증손자들—은 상복을 쭉 빼입고 있었다. 아무도 울지 않았다. 울었다 해도 그것은 "체면치레"였을 것이다. 백작부인은 너무나 나이가 많았기 때문에 그녀의 죽음에 아무도 놀라지 않았으며 그녀의 친척들은 벌써 오래전부터 그녀를 다 산 사람으로 취급해 왔었다. 젊은 주교가 조문을 읽었다. 그는 단순하고도 감동적인 표현을 써서 오랜 세월 동안 조용하고 겸허하게 기독교인다운 죽음을 준비해 온 정의로운 여인의 평화로운 임종을 묘사했다. "죽음의 천사가 그분을 찾아냈습니다." 연사가 말했다. "그분은 한밤의 신랑을 기다리며 경건한 명상 속에서 밤을 지키고 있었던 것입니다." 장례 미사는 애도의 예와 함께 완결되었다. 먼저 유족들이 고인과 작별인사를 했다. 그 다음에는 그 숱한 세월 동안 자기들의 세속적인 유흥에 참석했던 여인에게 마지막 인사를 하러 온

수많은 조문객들이 앞으로 나갔다. 모든 식솔들이 그 뒤를 따랐다. 마지막으로 고인과 같은 연배의 나이 많은 하녀가 다가갔다. 두 명의 젊은 하녀가 그녀를 부축해 주었다. 그녀는 바닥까지 허리를 굽힐 기운도 없었다. 그녀는 주인마님의 차가운 손에 입을 맞춘 뒤 몇 방울의 눈물을 흘렸다. 눈물을 흘린 건 그녀 한 사람뿐이었다. 그녀 다음으로 게르만이 관 앞에 나서기로 작정했다. 그는 전나무 가지가 깔린 차가운 마룻바닥에 고개를 처박고 몇 분 동안 그대로 엎드려 있었다. 마침내 그는 일어나서 고인처럼 창백한 얼굴로 영구대의 계단을 올라가 고개를 숙였다… 바로 이 순간 죽은 노파가 한쪽 눈을 찡긋하더니 자기를 비웃으며 쳐다보는 듯이 여겨졌다. 게르만은 황망히 뒷걸음을 치다가 발을 헛디뎌 뒤로 벌렁 나자빠지고 말았다. 사람들이 달려와 그를 일으켜 세웠다. 바로 그때 리자베타 이바노브나도 정신을 잃어 현관으로 실려 나갔다. 이 에피소드는 음울한 장례의식의 경건함을 몇 분 동안 흐려 놓았다. 조문객들 사이에서 나지막하게 수근거리는 소리가 퍼졌고 고인과 가까운 친척인 말라빠진 어느 시종은 옆에 서 있는 영국인의 귀에 대고 그 젊은 장교가 그녀의 사생아라고 속삭였다. 그러자 영국인은 냉담하게 "오?"라고 대꾸했다.

하루 종일 게르만은 마음이 극도로 혼란스러웠다. 그는 외딴 선술집에서 점심을 먹으며 마음의 동요를 잠재울 요량으로 평소와는 달리 엄청난 양의 술을 마셨다. 그러나 술은 그의 상상을 더욱 뜨겁게 불태웠다. 집으로 돌아온 그는 옷도 갈아입지 않고 침대에 쓰러져 곯아떨어졌다.

그가 잠에서 깼을 때는 벌써 한밤중이었다. 달빛이 그의 방을 환히 비춰 주었다. 그는 시계를 보았다. 3시 15분 전이었다. 잠은 싹 달아났다. 그는 침대에 걸터앉아 백작부인의 장례식을 되새겨 보았다.

그때 누군가가 거리에서 창문 안으로 그의 방을 넘겨다보더니 금세 사라졌다. 게르만은 거기에 아무런 주의도 기울이지 않았다. 1분쯤 뒤에 게르만은 현관방의 문이 열리는 소리를 들었다. 게르만은 그의 사병이 여느 때처럼 술에 취해 밤나들이에서 돌아온 거라고 생각했다. 그러나 들려오는 것은 낯선 발자국 소리였다. 누군가 조용히 실내화를 질질 끌며 걸어오고 있었다. 문이 열리고 흰 옷을 입은 여인이 들어왔다. 게르만은 그녀가 자신의 늙은 유모인 줄 만 알았고 이런 시간에 왜 왔을까 하고 의아하게 생각했다. 그러나 하얀 옷의 여인이 미끄러지듯 다가와 불쑥 그의 앞에 서자 게르만은 그 여자가 백작부인임을 알아차렸다!

"나는 내 의지와 상관없이 자네한테 왔네." 그녀는 단호한 목소리로 말했다. "너의 청원을 들어주라는 분부가 내려졌기 때문이지. 3, 7, 에이스가 연달아 너를 이기게 해줄 거야. 단 한 가지, 하룻밤에 한 장 이상 걸면 안 되고, 이후론 절대로 노름을 하면 안 된다는 조건이야. 내 피후견인인 리자베타 이바노브나와 결혼을 한다면 나를 죽게 한 죄는 용서해 주겠네…."

이 말과 함께 그녀는 조용히 돌아서서 문가로 가더니 실내화를 질질 끌며 사라졌다. 게르만은 현관 문이 쾅 하고 닫히는 소리를 들었고 다시금 누군가가 바깥에서 창문을 넘겨다보는 걸 보았다.

게르만은 한동안 정신을 차릴 수가 없었다. 그는 옆방으로 가 보았다. 그의 사병은 바닥에 잠들어 있었다. 게르만은 가까스로 그를 깨웠다. 사병은 여느 때와 마찬가지로 잔뜩 취해 있었고 그에게서 무언가 알아낸다는 것은 무리였다. 현관문은 잠겨 있었다. 게르만은 제 방으로 돌아와 촛불을 켜고 자기가 본 환영을 기록해 두었다.

VI

"기다려!"
"감히 나한테 기다려라고 말해?"
"각하, 저는 기다리세요라고
말했습니다!"

물질계에서 두 개의 물체가 동시에 한 장소를 점유할 수 없듯이 정신계에서도 두 개의 고정관념은 공존할 수 없다. 3, 7, 에이스는 곧 게르만의 마음속에서 죽은 노파의 이미지를 덮어 버렸다. 3, 7, 에이스는 그의 머릿속에 꼭 박혔고 그의 입술에 항상 늘어붙어 있었다. 젊은 아가씨를 보면 그는 이렇게 말했다. "정말 잘 빠졌군! …진짜 하트의 3이야." 누군가 그에게 시간을 물어보면 그는 "5분 전, 7시요"

라고 대답했다. 배가 나온 남자들은 모두 그에게 에이스를 연상시켰다. 3, 7, 에이스는 여러 가지 형태를 취하면서 꿈속까지 그를 따라왔다. 3은 그의 앞에서 화려한 한 떨기 꽃으로 피어났고 7은 고딕 건물의 대문처럼 보였으며 에이스는 거대한 거미로 나타났다. 그는 자신이 그토록 비싼 대가를 치르고 얻은 비밀을 사용해야겠다는 생각 한 가지에만 사로잡혀 있었다. 그는 퇴직과 여행에 관해서 생각했다. 그는 파리의 공공 도박장에 가서 매혹적인 행운의 여신을 상대로 일확천금을 따내고 싶었다. 그러나 우연한 기회가 찾아와 그의 수고를 덜어 주었다.

모스크바에는 저 유명한 체칼린스키를 대표로 하는 부유한 도박꾼들의 모임이 있었다. 체칼린스키는 평생을 노름판에서 보내면서 이기면 어음으로 받고 지면 현금으로 지급하여 한때 수백만의 재산을 모은 사람이었다. 그는 오랜 세월의 경험으로 친구들 사이에서 신용을 얻었고 환대와 유명한 요리사, 친절과 명랑함 덕택에 만인의 존경을 받았다. 그가 페테르부르크에 왔다. 젊은이들은 무도회는 잊어버리고 카드놀이를 하러 그에게 몰려들었다. 그들은 아가씨들 꽁무니나 따라다니는 것보다는 파로 게임의 매력을 선호했던 것이다. 나루모프는 그에게 게르만을 데려갔다.

그들은 정중한 하인들로 붐비는 호화로운 방을 여러 개 지나갔다. 몇 명의 장군들과 추밀원 참사관들이 휘스트 게임을 하고 있었다. 젊은이들은 비단을 씌운 소파에 편하게 앉아 아이스크림을 먹거나 파이프를 피웠다. 응접실에서는 긴 탁자에 주인이 앉아 패를 돌리고 있었고 그의 주위에는 스무 명가량의 도박꾼들이 모여서 북적대고 있었다. 그는 예순 살가량의 남자로 무척 점잖은 외모를 지니고 있었다. 숱 많은 은발에 통통하고 혈색 좋은 얼굴은 선량한 성품을 보여 주었으며 언제나 미소를 잃지 않는 두 눈은 생기 있게 빛나고 있었다. 나루모프는 그에게 게르만을 소개시켰다. 체칼린스키는 그와 다정하게 악수를 하면서 격식을 차리지 말아 달라고 부탁한 뒤 다시 패를 돌렸다.

한 판은 오랫동안 계속되었다. 탁자 위에는 서른 장도 더 되는 카드가 놓여 있었다. 체칼린스키는 매번 패를 나누고 난 뒤에는 노름꾼들에게 정리할 시간을 주기 위해 잠시 멈추곤 잃은 액수를 기록하거나 정중하게 그들의 요구를 들어 보거나, 누군가 무심코 접어 놓은 카드의 귀퉁이를 더욱 정중하게 펴거나 했다. 마침내 게임이 끝났다. 체칼린스키는 다음 판을 돌리기 위해 카드를 섞었다.

"저도 걸게 해 주십시오." 게르만은 방금 돈을 건 뚱뚱한 신사 뒤편에서 손을 내밀며 말했다. 체칼린스키는 미소를 지으며 정중한 승락의 표시로 말없이 고개를 끄덕했다. 나루모프는 웃으며 게르만이 오랜 금욕에서 벗어난 것을 축하했고 첫 출발에 행운이 따르기를 빌어 주었다.

"걸었습니다!" 게르만은 자기 카드의 뒷면에 분필로 엄청난 액수를 기록한 뒤 말했다.

"얼맙니까?" 물주가 눈을 가느스름하게 뜨며 물었다. "죄송합니다만 잘 보이지가 않는군요."

"4만 7천입니다." 게르만이 대답했다.

이 말에 모든 사람이 순간적으로 머리를 돌려 그에게 시선을 집중했다. "저 녀석 미쳤군" 하고 나루모프는 생각했다.

"혹시나 해서 말씀드립니다만," 체칼린스키는 여전히

미소를 띤 채 말했다. "당신이 건 액수는 매우 큰 돈입니다. 아무도 한 번에 275 이상 건 적이 없습니다."

"그래서요?" 게르만이 항의했다. "저를 끼워 주실 겁니까 말 겁니까?"

체칼린스키는 이번에도 정중한 승락의 표정으로 고개를 끄덕였다.

"단, 한가지 말씀드리고 싶은 것은," 그가 말했다. "제 동료들의 신용을 존중하기 때문에 저는 현금이 아니면 패를 나누지 않습니다. 저로서야 물론 당신의 말로도 충분하다고 생각합니다만, 노름의 질서를 위해서, 그리고 계산을 분명하게 하기 위해서 카드에 현금을 놓아 주셨으면 합니다."

게르만은 주머니에서 은행권을 꺼내 체칼린스키에게 건네주었다. 체칼린스키는 그것을 재빨리 훑어보고는 게르만의 카드 위에 놓았다.

그는 패를 나누기 시작했다. 오른쪽에선 9가, 왼쪽에선 3이 나왔다.

"이겼다!" 게르만이 자신의 카드를 보이며 말했다.

노름꾼들 사이에서 수근거리는 소리가 퍼졌다. 체칼린스키는 인상을 찌푸렸지만 미소가 곧 그의 얼굴에 되돌아왔다.

"돈을 지금 받으시겠습니까?" 그가 게르만에게 물었다.

"그렇게 해 주시면 좋겠습니다."

체칼린스키는 주머니에서 몇 장의 은행권을 꺼내 즉시 셈을 마쳤다. 게르만은 돈을 받고는 탁자에서 물러났다. 나루모프는 정신을 차릴 수가 없었다. 게르만은 레모네이드 한 잔을 마신 뒤 집으로 돌아갔다.

다음 날 저녁 그는 다시 체칼린스키의 집에 나타났다. 주인이 물주였다. 게르만은 탁자로 다가갔다. 노름꾼들은 당장에 그에게 자리를 만들어 주었다. 체칼린스키는 상냥하게 그에게 인사를 했다.

게르만은 다음 판이 시작되기를 기다렸다가 자기 카드 위에 원래의 4만 7천과 어제 딴 돈을 모두 올려 놓았다.

체칼린스키는 패를 돌리기 시작했다. 오른쪽에서는 잭이, 왼쪽에서는 7이 나왔다.

게르만은 7을 내보였다.

모두들 경악했다. 체칼린스키는 당황한 빛이 역력했다. 그는 9만 4천 루블을 세어 게르만에게 건네주었다. 게르만은 냉엄하게 그것을 받은 다음 즉시 자리를 떴다.

다음 날 저녁 게르만은 또다시 노름 테이블에 나타났다. 모두들 그를 기다리고 있었다. 장군들과 추밀원 참사관들은 휘스트를 그만두고 이 전대미문의 게임을 보러 왔다. 젊은 장교들은 소파에서 벌떡 일어났고 하인들은 모두 응접실로 모여들었다. 모두들 게르만을 에워쌌다. 다른 노름꾼들은 자기 카드는 버려둔 채 게임의 결말을 초조하게 기다렸다. 게르만은 창백하긴 하지만 여전히 미소를 띤 채 체칼린스키를 혼자 상대할 태세로 테이블 옆에 섰다. 그들은 각기 카드 다발의 봉인을 뜯었다. 체칼린스키가 카드를 섞었다. 게르만은 자기 카드를 떼어서 놓은 다음 은행권 다발로 덮었다. 그것은 마치 결투와도 같았다. 주위에는 깊은 침묵이 감돌았다.

체칼린스키가 패를 나누기 시작했다. 그의 손은 떨리고 있었다. 오른쪽에는 여왕이, 왼쪽에는 에이스가 나왔다.

"에이스가 이겼소!" 게르만이 자기 카드를 내보이며 말했다.

"당신의 여왕이 졌소." 체칼린스키가 상냥하게 말했다.

게르만은 몸을 떨었다. 실제로 그가 보인 것은 에이스가 아니라 스페이드의 여왕이었던 것이다. 그는 자기의 눈을 믿을 수가 없었다. 자기가 어쩌다가 패를 잘못 뽑았는지 이해할 수가 없었다.

바로 그때 스페이드의 여왕이 눈을 가느스름하게 뜨며 히쭉 웃는 것처럼 보였다. 누군가와 기묘하게 닮았다는 것이 그를 놀라게 했다…

"그 노파야!" 그는 공포에 질려 소리쳤다.

체칼린스키는 자기가 딴 돈을 그러모았다. 게르만은 꼼짝도 않고 서 있었다. 그가 테이블에서 물러서자 사람들이 큰 소리로 웅성대기 시작했다. "멋진 한판이었어!" 노름꾼들이 말했다. 체칼린스키는 다시 카드를 섞었고 노름은 여느 때처럼 계속되었다.

결말

게르만은 미쳐 버렸다. 그는 오부호프 병원 17호실에 앉아서 무엇을 물어도 대답은 하지 않고 놀랍게 빠른 속도로 "3, 7, 에이스! 3, 7, 에이스…"만 중얼거릴 뿐이다.

리자베타 이바노브나는 매우 착한 청년과 결혼했다. 그는 어느 관청에 근무하고 있으며 상당한 재산도 가지고 있다. 그는 전에 노백작부인의 집사를 하던 사람의 아들이다. 리자베타 이바노브나는 가난한 친척 소녀를 맡아 키우고 있다.

톰스키는 기병 대위로 승진하였고 공작의 딸 폴리나와 결혼했다.

고故 이반 페트로비치 벨킨의 이야기

프로스타코바 부인 :
하긴 그래, 그 아이는
어려서부터 이야기를 꽤나 좋아했지.
스코티닌 :
미트로판은 나를 닮았거든요.
—〈미성년〉

편집자의 말

바야흐로 독자 대중에게 소개될 I. P. 벨킨의 이야기들을 간행하려는 이 시점에서 우리는 간략하나마 고인이 된 저자의 전기를 수록함으로써 우리 나라 문학 애호가들의 지극히 당연한 호기심을 부분적으로라도 만족시켜 주길 희망하였다. 우리가 이반 페트로비치 벨킨의 가장 가까운 친척이자 상속녀인 마리야 알렉세예브나 트라필리나와 연락을 취한 것도 그러한 의도에서였다. 그러나 애석하게도 그녀는 고인과 일면식도 없었기 때문에 그에 관한 어떤 정보도 우리에게 제공해 주지 못했다. 대신 그녀는 이 문제와 관련하여 우리에게 이반 페트로비치의 친구였던 한 존경받을 만한 신사분을 찾아보라고 조언을 해 주었다. 우리는 그녀의 조언대로 했고 우리가 보낸 편지에 대해 다음과 같은 만족할 만한 답신을 받았다. 우리는 여기에 그 편지를 감동적인 우정과 고상한 이해의 소중한 기념비로서, 그리고 동시에 지극히 적절한 전기적 자료로서 일체의 수정이나 주석 없이 그대로 싣는 바이다.

친애하는 *** 선생님!

저는 이번 달 15일자로 보내 주신 귀하의 고귀한 편지를 23일에 흐뭇한 마음으로 받아 보았습니다. 그 편지에서 귀하는 저의 진실한 옛 친구이자 이웃 지주였던 고 이반 페트로비치 벨킨의 출생과 사망 일자, 군 복무, 가정사, 직업, 성품 등에 관해 자세하게 알고 싶다는 소망을 피력하셨습니다. 저는 귀하의 소망을 충족시켜 드리게 되어 매우 기쁘게 생각하며 고인과의 대화 및 저의 개인적인 관찰을 토대로 제가 기억할 수 있는 모든 정보를 보내 드리는 바입니다.

이반 페트로비치 벨킨은 1798년 고류히노 마을에서 고상한 가문의 정직한 부모 밑에서 태어났습니다. 돌아가신 그의 부친 표트르 이바노비치 벨킨 대위는 트라필린 가의 처녀 펠라게야 가브릴로브나와 결혼하였습니다. 그는 부자는 아니었지만 절도가 있고 경영 면에서 두뇌 회전이 매우 빠른 분이었습니다. 그분들의 아들은 어린 시절에 마을의 불목하니한테서 교육을 받았습니다. 그가 독서와 러시아 문학에 빠져들게 된 것은 아마도 이 훌륭한 스승 덕분이 아니었나 생각됩니다. 그는 1815년에 경기 보병 연대에 (연대의 번호는 기억나지 않습니다) 입대하여 1823년까지 복무하였습니다. 그러나 부모님이 거의 같은 시기에 세상을 하직하는 바람에 그는 퇴역을 하고 세습영지가 있는 고류히노 마을로 돌아올 수밖에 없었습니다.

이반 페트로비치는 영지를 관리하기 시작했습니다만 경험 부족과 여린 마음 때문에 얼마 안 가서 경영을 소홀히 하게 되었고 선친께서 세워 놓으신 엄격한 질서를 허물어뜨렸습니다. 그는 농부들이 꺼려하는(그들은 습관적으로 그러지만서도요) 성실하고 기민한 촌장 대신 구수한 이야기 솜씨로 그의 신임을 얻은 창고지기 노파에게 영지의 관리를 맡겼습니다. 이 멍청한 할멈은 25루블짜리 지폐와 50루블짜리 지폐도 구분할 줄 몰랐습니다. 그녀는 모든 농부들의 대모였기 때문에 아무도 그녀를 두려워하지 않았습니다. 농부들이 새로 뽑은 촌장은 농부들의 잘못을 은근슬쩍 눈감아 주고 그들과 한통속이 되어 주인을 속여 먹었고 그 결과 이반 페트로비치는 부역 노동을 폐지하고 얼마 안 되는 액수의 소작료를 제정해 줄 수밖에 없었습니다. 그러나 여기에 그치지 않고 농부들은 그의 여린 마음을 이용하여 첫해에는 엄청난 감면을 받아 내더니 그 이듬해에는 소작료의 3분의 2 이상을 호두니 월귤이니 하는 것으로 대신 지급하였습니다. 게다가 그것마저 체납하는 사람들도 있었습니다.

이반 페트로비치의 선친과 잘 아는 사이였던 저는 그분의 아들에게 충고를 해 주는 것이 저의 의무라 생각하여 그가 망쳐 놓은 이전의 질서를 되돌려 놓으려 여러 차례 자청하고 나섰습니다. 그리하여 어느 날 저는 그를 찾아가 회계장부를 보여 달라 말하고 저 교활한 촌장을 데려오게 해서는 이반 페트로비치가 배석한 자리에서 장부를 검사했습니다. 젊은 주인은 처음에는 열과 성을 다해 저의 검사에 협조하는가 싶었습니다. 그러나 최근 2년간 농부들의 수는 증가했고 영지에서 키우는 가금과 가축의 수는 현저하게 감소했다는 계산이 나오자 그만 이 초보적인 산술에 만족한 나머지 더 이상 제 말을 듣지 않았습니다. 그리고 저의 엄격한 추궁과 문책에 몰린 교활한 촌장이 혼비백산하여 일언반구 대꾸도 하지 못하게 된 찰나에 이반 페트로비치가 의자에 앉은 채로 드르렁드르렁 코를 고는 소리가 들려왔습니다. 얼마나 울화통이 터지던지요. 그때 이후 저는 그의 재정 관리에 간섭하는 일을 중단했고 그의 일을 (그 자신이 그런 것처럼) 전능하신 조물주의 관리에 맡겨 버렸습니다.

그러나 이런 일로 해서 우리의 우정에 금이 가지는 않았습니다. 왜냐하면 저는 그의 유약함, 그리고 우리 나라 젊은 귀족들에게 공통적으로 나타나는 저 유해한 게으름에 동정을 느끼면서 진실로 그를 사랑했기 때문입니다. 사실 그렇게 온순하고 정직한 젊은이를 어찌 사랑하지 않을 수 있었겠습니까. 이반 페트로비치 편에서도 저의 연륜에 존경을 표했고 마음속 깊이 저를 따르고 있었습니다. 비록 우리는 습관이나 사고방식이나 기질에 있어 비슷한 구석이 별로 없었지만 그는 저의 격의 없는 담화를 소중히 여겨 세상을 하직하는 그 순간까지 거의 날마다 저와 만났습니다.

이반 페트로비치는 일체의 방종을 멀리하며 무척이나 절도 있게 살았습니다. 저는 그가 술에 취해 있는 것을 한 번도 본 적이 없습니다(우리 나라에서는 전례가 없는 기적이라 해도 좋겠지요). 여자를 남달리 좋아하긴 했지만 그 자신은 정말이지 처녀처럼 수줍어 했습니다.[1]

귀하가 서신에서 언급하신 단편소설들 외에도 이반 페트로비치는 많은 원고를 남겼습니다. 그것들 중 일부는 제가 소장하고 있고 일부는 그의 창고지기 노파가 잡다한 집안일에 사용했습니다. 이를테면 지난 겨울 그녀는 자신이 거주하는 행랑채의 창문이란 창문을 모조리 그가 미완성인 채 남겨 놓은 장편소설의 제1부로 발라 버렸습니다. 지난번 서신에서 언급하신 단편소설들은 그의 첫 번째 창작

---

1 여기서 한 가지 일화가 언급되지만 우리는 그것이 불필요하다고 생각하여 삭제한다. 그러나 독자에게 확신하건대 그 안에 이반 페트로비치 벨킨의 추억에 저해될 만한 것은 아무것도 포함되어 있지 않다—원주.

시도가 아니었나 생각됩니다. 이반 페트로비치의 말에 따르면 그것들은 대부분이 실화이며 여러 사람들한테서 그가 직접 들은 이야기라고 합니다.[2] 그러나 등장인물들의 이름은 그가 지어낸 것이며 촌락과 마을의 이름은 우리 고장에서 따온 것이어서 어딘가에서는 저의 동네 이름도 언급되었을 겁니다. 이는 무슨 악의에서가 아니라 순전히 상상력 부족에서 비롯된 것입니다.

이반 페트로비치는 1828년 가을에 감기열에 걸렸는데 그것이 그만 열병으로 도지는 바람에 우리 마을 의사의 끈질긴 노력에도 불구하고 유명을 달리했습니다. 이 의사는 티눈 및 기타 등등 같은 만성질환을 고치는 데 특히 용한 사람이었습니다. 이반 페트로비치는 태어난 지 30년 되는 해에 제 품안에서 숨을 거두었고 고류히노 마을 교회 묘지

---

2 실제로 벨킨 씨의 원고에는 각각의 이야기 앞에 저자가 쓴 다음과 같은 구절이 첨가되어 있다. "이 이야기는 아무개 씨(관등 혹은 신분과 이름 및 성의 첫 글자)한테서 들은 것이다." 호기심 많은 탐색가들을 위해 밝히자면 〈역참지기〉는 9등문관 A. G. N.이, 〈마지막 한 발〉은 육군 중령 I. L. P.가, 〈장의사〉는 점원 B. V.가, 〈눈보라〉와 〈귀족 아가씨〉는 K. I. T.라는 처녀가 그에게 들려준 것이다—원주.

의 돌아가신 부모님 무덤 가까운 곳에 묻혔습니다.

이반 페트로비치는 중키에 눈은 회색이고 머리는 붉은 색이었습니다. 오똑한 콧날에 뺨은 홀쭉 여위고 안색은 창백했습니다.

친애하는 선생님, 이것이 고인이 된 제 이웃이자 친구였던 사람의 생활방식, 직업, 성격, 외모와 관련하여 제가 기억할 수 있는 모든 것입니다. 그러나 저의 이 편지에서 무언가 필요한 정보를 발견하셨더라도 제 이름은 언급하지 말아 주실 것을 정중히 부탁드립니다. 왜인고 하니, 비록 제가 문필가들을 대단히 존경하고 사모하는 건 사실이지만 그런 직업을 시작한다는 건 사리에 어긋날 뿐 아니라 제 나이에 미루어 점잖지 못하다고 여겨지기 때문입니다. 진심으로 존경과 기타 등등을 전하며.

1830년 11월 16일

네나라도보 마을에서.

우리 작가의 훌륭한 친구분이 표명한 뜻을 존중하는 것이 의무라 생각하는 우리는 그분이 제공해 주신 정보에 심심한 감사를 표하며 또한 독서 대중이 거기 담긴 진실성과 선의를 높이 평가해 줄 것을 바라 마지않는다.

마지막 한 발

우리는 서로에게 총을 쏘았다.
—바라틴스키

나는 결투의 규칙에 따라 그를
사살하겠노라 맹세했다(나는 그에게
아직 총알 한 방을 빚지고 있었다).
—〈야영지의 밤〉

I

우리는 ***라는 작은 고을에 주둔하고 있었다. 군장교의 삶이란 누구나 아는 바 그대로다. 아침에는 교련과 승마 훈련, 점심에는 연대장의 숙소나 유태인의 술집에서 식사, 저녁에는 술과 카드놀이가 그것이다. *** 고을에는 손님을 초대하는 가정도 묘령의 처녀도 없었다. 우리는 군복밖에는 아무것도 안 보이는 서로의 숙소에서 모이곤 했다.

우리 동아리에는 군인이 아닌 사람이 딱 한 명 섞여 있었다. 그의 나이는 서른다섯 정도였고 그래서 우리는 그를 노인처럼 취급했다. 산전수전 다 겪은 그는 우리보다 우월한 입장에 있었고 게다가 그의 늘 찌푸린 표정과 완고한 성격과 험악한 입심은 우리 젊은이들의 마음에 강렬한 영향을 미쳤다. 모종의 신비가 그의 운명을 둘러싸고 있었다. 그는 러시아인처럼 보였으나 외국인의 이름을 쓰고 있었다. 한때 그는 경기병으로, 그것도 아주 행복하게 복무한 적이 있다고 했다. 그런데 무엇 때문에 퇴역하여 이 작고 초라한 마을에서 가난하면서도 씀씀이는 헤프게 살고 있는지 아무도 알지 못했다. 그는 나달나달한 검정 프록코트 차림으로 어디나 걸어서 다녔지만 우리 연대의 모든 장교들을 기꺼이 식사에 초대하였다. 사실 차린 거라곤 퇴역병사가 준비한 두세 가지 요리가 전부였지만 샴페인만큼은 강물처럼 넘쳐나곤 했다. 아무도 그의 재산이나 수입이 얼마나 되는지 몰랐고 또 감히 그런것을 물어볼 엄두도 못 내었다. 그는 많은 책을 소장하고 있었는데 대부분이 군사 서적이나 소설들이었다. 그는 기꺼이 책들을 빌려 주었지만 돌려 달라고 재촉하는 법이 없었다. 그 대신 자신도 빌려 간 책을 주인에게 돌려주는 법이 없었다. 권총 사격이 그의 주된 일과였다. 그의 방 벽면은 총알에 뚫린 자국 투성이라 마치 벌집 같았다. 수집해 놓은 값비싼 권총들만이 그가 사는 초라한 토담집의 유일한 사치품이었다. 그의 사격 솜씨는 신기에 가까웠고 그가 모자 위에 배를 얹고서 총을 쏘아 맞추겠다고 제안했을 경우 제 목을 내놓는 데 우물쭈물할 사람은 우리 연대에서 한 명도 없었을 것이다. 우리는 종종 결투에 관한 이야기를 나누곤 했지만 실비오(그를 이렇게 부르겠다)는 결코 그런 대화에 끼어들지 않았다. 결투를 해 본 적이 있느냐는 물음에 그는 그렇다고 짤막하게 대답할 뿐 자세한 이야기는 하지 않았고 그런 질문이 불쾌하다는 표정을 역력히 내보였다. 우리는 그의 무시무시한 총 솜씨에 누군가가 희생된 불행한 사건 때문에 그가 양심의 가책을 받고 있을 거라고 짐작했다. 우리 중 그 누구의 머릿속에도 그가 겁 비슷한 것을 내고 있을지도 모른다는 의혹은 떠오르지 않았다. 세상에는 그저 외모만으로도 그런 의심을 떨쳐 버리게 만드는 사람들이 있는 법이다. 그런데 어떤 뜻하지 않은 사건이 일어나 우리 모두를 놀라게 했다.

어느 날 우리들 장교 열 명 정도가 실비오의 집에서 식사를 하였다. 우리는 평소처럼, 즉 엄청나게 술을 마셨다. 식사를 마치고 우리는 주인에게 카드놀이의 물주가 되어 달라고 졸랐다. 그는 카드를 거의 잡아 본 적이 없다면서 한사코 거절을 했다. 그러다가 마침내 카드를 가져오라고 하더니 탁자 위에 50여 개의 금화를 휙 뿌리고서 패를 나누기 시작했다. 우리는 그의 주위를 둘러쌌고 마침내 게임이 시작되었다. 실비오는 게임을 하면서 철저하게 함구하는 습관이 있었다. 그는 결코 논쟁을 하거나 변명을 하는 법이 없었다. 돈을 건 사람이 어쩌다 셈을 틀릴 경우 그는 즉시 차액을 지급하거나 잔액을 기록해 두었다. 우리는 익히 이 점을 알고 있었던지라 그가 자기 식대로 물주 노릇을 하게 내버려 두었다. 그런데 우리 중에는 최근에 연대로 전

속된 장교가 하나 있었다. 그는 게임을 하던 중 주의가 산만했던지 그만 불필요하게 카드의 귀퉁이를 접었다. 실비오는 늘 하던 대로 분필을 들어 셈을 정정했다. 장교는 그가 실수를 했다고 생각하여 변명을 하기 시작했다. 실비오는 아무 말 않고 계속 패를 돌렸다. 인내심을 잃은 장교는 제 생각에 잘못 기록된 숫자를 털이개로 지워 버렸다. 실비오는 다시 분필로 그 숫자를 기록했다. 포도주와 게임과 동료들의 웃음에 후끈 달아오른 장교는 자신이 심하게 모욕을 당했다고 생각하여 미친 듯이 날뛰며 탁자에서 청동 촛대를 집어들어 실비오에게 던졌다. 실비오는 아슬아슬하게 몸을 피했다. 분노로 창백해진 실비오는 벌떡 일어서서 두 눈을 희번덕거리며 이렇게 말했다. "선생, 이만 나가 주시오. 그리고 이런 일이 내 집에서 일어난 걸 하느님께 감사하시오."

우리는 사건의 귀추에 대해 일말의 의심도 없었고 새로 온 동료를 이미 저세상 사람으로 치부하였다. 장교는 물주 선생이 원하는 방식으로 이 모욕에 대응할 각오가 돼 있다는 말을 내뱉고 휑하니 나가 버렸다. 게임은 몇 분간 더 계속되었지만 우리는 주인이 게임을 할 기분이 아님을 간파하여 하나둘씩 자리를 떴다. 우리는 곧 있을 결원에 대해 지껄이며 각자 숙소로 흩어졌다.

그 다음 날 승마 연습장에서 우리가 저 불쌍한 중위의 생사 여부를 묻고 있을 때 그가 때마침 나타났다. 우리는 그에게 같은 질문을 했다. 그는 실비오한테는 아직 아무런 소식이 없다고 대답했다. 그건 매우 놀라운 일이었다. 우리가 실비오를 찾아갔을 때 그는 마당에서 대문에 붙여 놓은 에이스 카드에 연신 총알을 쏘아 대고 있었다. 그는 여느 때처럼 우리를 맞아 주었고 지난밤의 사건에 관해서는 한마디도 하지 않았다. 사흘이 지났건만 중위는 여전히 살아 있었다. 우리는 놀라워하며 수군거렸다. 실비오는 정말로 결투할 생각이 없는 걸까? 그는 결투를 하지 않았다. 아주 가벼운 변명에 만족하고는 중위와 화해했던 것이다.

이로 인해 그는 젊은이들 사이에서 완전히 체면을 잃고 말았다. 용기야말로 모든 악행을 정당화시켜 주는 최고의 인간 미덕이라 여기는 젊은이들에게서 용기의 부족은 그 무엇보다도 용서받을 수 없는 일이었다. 그러나 차츰 모든 것은 잊혀 갔고 실비오는 이전의 영향력을 되찾았다.

오로지 나만은 그에게 가까이 갈 수가 없었다. 천성적으로 낭만적 공상에 젖어 있던 나는 수수께끼 같은 삶을 영위하는, 그래서 어쩐지 무슨 신비한 소설의 주인공처럼 여겨지는 그 사나이에게 누구보다도 강한 애착을 느꼈었다. 그도 나를 좋아했다. 적어도 나 한 사람하고만은 평소의 날카로운 독설을 접어 두고 여러 가지 주제에 관해 허심탄회하게 그리고 놀랄 만큼 기분좋게 이야기를 나누었다. 그러나 불상사가 있었던 그날 밤 이후 한 가지 생각, 즉 그의 명예는 더럽혀졌고 그 자신의 잘못으로 아직도 씻겨지지 않았다는 생각이 줄곧 머릿속을 맴돌아 나는 예전처럼 그와 어울릴 수가 없었다. 나는 그를 쳐다보는 것조차 부끄러워했다. 이 사실을 알아채지 못하고, 또 그 이유를 미루어 짐작하지 못하기에는 실비오는 너무도 똑똑하고 세상 물정에 훤한 사람이었다. 그는 이 때문에 괴로워하는 것 같았다. 나는 적어도 한 두어 번인가 그가 나에게 무언가 해명을 하고 싶어 한다는 것을 눈치 챘다. 그러나 나는 그런 상황을 피했고 실비오도 나로부터 멀어져 갔다. 그때 이후 나는 오로지 동료들과 어울리는 자리에서만 그와 만났고 이전의 그 허심탄회한 대화는 우리 사이에서 사라지고 말았다.

여유라곤 없는 수도의 거주자들에겐 시골이나 작은 도시에 사는 사람들이 그토록 친숙하게 느끼는 어떤 감흥들이 생소하기만 할 것이다. 예를 들어 우편물이 오는 날에 대한 기대감 같은 것 말이다. 화요일과 금요일만 되면 우리 연대의 사무실은 돈이나, 편지, 신문 등을 기다리는 장교들로 북적거렸다. 봉함 편지는 대개 즉석에서 개봉되어 모두에게 새 소식이 알려졌고 그럴 때면 사무실에는 활기가 넘쳐흘렀다. 실비오는 우리 연대를 수신지로 하는 편지를 받곤 했으므로 으레 사무실에 나타났다. 어느 날 그는 봉함 편지를 받고서는 무섭게 흥분하면서 봉인을 떼어 냈다. 그는 눈에서 광채를 뿜으며 편지를 훑어 내려갔다. 저마다 제 편지를 읽기에 바쁜 장교들은 아무것도 눈치 채지 못했다. "여러분" 하고 실비오가 말했다. "사정이 생겨 저는 즉각 떠나게 되었습니다. 오늘밤 당장 가려고 합니다. 오늘밤 마지막으로 저희 집에 식사를 초대하오니 한 분도 빠짐없이 오시리라 믿습니다." 그는 나를 향해 계속 말했다. "당신을 기다리겠소. 꼭 와 주시오." 이 말을 마치고 그는 서둘러 나가 버렸다. 우리는 실비오의 집에서 만날 약속을 하고는 각자 제 갈 길로 흩어졌다.

나는 약속한 시간에 실비오의 집에 도착했다. 거의 연대 전체가 이미 와 있었다. 짐은 벌써 다 꾸려져 있었고 총알 자국투성이의 벽만이 휑뎅그렁하게 남아 있었다. 우리는 식탁에 앉았다. 주인은 아주 유쾌한 기분이었고 그의 유쾌함은 곧 우리 모두에게 전염되었다. 병마개가 줄줄이 펑펑 터졌고 술잔에는 거품이 끊임없이 보글보글 일었다. 우리는 진심으로 떠나는 사람에게 안전한 여행과 그 밖의 모든 행운을 빌어 주었다. 우리는 밤이 이슥해서야 자리에서 일어났다. 우리는 각자 자기 모자를 집어들었고 실비오는 한 사람 한 사람과 작별 인사를 했다. 내가 막 나가려는 순간 그는 내 손을 잡으며 만류했다. 그는 "당신과 긴히 할 얘기가 있소"라고 조용히 말했다. 나는 그 집에 남았다.

손님들은 다 돌아가고 우리 둘만이 남았다. 우리는 마주 보고 앉아 말없이 파이프에 불을 붙였다. 실비오는 골똘히 생각에 잠겨 있었고 그의 그 발작적인 유쾌함은 이미 자취도 없었다. 침울하고 창백한 얼굴, 번득이는 눈동자, 그리고 입에서 뿜어져 나오는 자욱한 담배 연기는 그를 진짜 악마처럼 보이게 해 주었다. 몇 분이 더 지났고 마침내 실비오는 침묵을 깨뜨렸다.

"우리는 어쩌면 다시는 못 만나게 될지 모르겠소"라고 그는 말문을 열었다. "헤어지기 전에 당신에게 해명하고 싶은 게 있소. 당신도 알아차렸는지 모르겠지만 나는 남들이 어떤 생각을 하건 별 관심이 없소. 그러나 나는 당신을 좋아하오. 그래서 당신 마음속에 부당한 인상을 남긴 채 그대로 떠난다면 내가 괴로울 거라는 생각이 들었소."

그는 잠시 말을 멈추고 다 태운 파이프에 담배를 채우기 시작했다. 나는 시선을 내리깐 채 묵묵히 앉아 있었다.

그가 말을 계속했다. "당신은 내가 저 술 취한 미치광이 R***에게 결투를 신청하지 않아 의아하게 생각했을 거요. 당신도 인정하겠지만 그자의 목숨은 무기 선택권이 있는 나에게 달려 있던 반면 내 목숨은 그다지 위험하지 않았소. 나의 자제를 오로지 관대함으로 돌릴 수도 있었겠지만 거짓말은 하고 싶지 않소. 내 생명에 전혀 지장이 없이

R***을 단죄할 수 있었다면 나는 기필코 그자를 용서치 않았을 거요."

나는 놀라운 눈으로 실비오를 쳐다보았다. 그런 식의 고백은 정말로 뜻밖이었다. 실비오는 이야기를 계속했다.

"그렇소. 나는 내 목숨을 위태롭게 할 권리가 없소. 6년 전에 나는 따귀를 맞았고 나의 원수는 아직 살아 있기 때문이오."

내 호기심은 극도로 자극되었다. "그와 결투를 하지 않았단 말입니까? 사정이 생겨 헤어졌던 거지요?"라고 내가 물었다.

"그자와 결투를 하긴 했소."— 실비오가 대답했다. "여기 결투의 기념품이 있소."

실비오는 벌떡 일어나더니 두꺼운 종이 상자에서 금술과 레이스가 달린 빨간 모자(프랑스인들이 경찰모bonnet de police라 부르는 것)를 꺼냈다. 그는 모자를 써 보았다. 모자에는 이마에서 1베르쇼크[3]쯤 위쪽에 총알 구멍이 나 있었다.

3 약 4.5센티미터.

실비오는 이야기를 계속했다. "아시다시피 나는 한때 *** 경기병 연대에 복무했었소. 내 성격은 당신도 잘 알 거요. 나는 남들보다 앞서는 데 익숙해 있었소. 그건 젊었을 때부터 내 안에서 생겨난 일종의 열정이었소. 우리 때는 난폭함이 유행이었고 나는 부대에서 제일 가는 난봉꾼이었소. 우리는 과음을 자랑으로 알았고 나는 제니스 다비도프가 칭송했던 저 유명한 부르초프보다도 더 많이 마셨소. 우리 연대에서 결투는 항시 있는 일이었고 나는 결투가 있을 때마다 목격자 아니면 당사자로 등장했소. 동료들은 나를 숭배했고 늘 바뀌는 연대장들은 나를 필요악쯤으로 생각했소.

나는 담담하게 (아니 담담하지 않았는지도 모르지만) 나의 명성을 즐기고 있었소. 그런데 어느 날 부유하고 고귀한 가문의 젊은이(그의 이름은 밝히고 싶지 않소)가 우리 부대에 배속되었소. 나는 태어나서 그렇게 찬란한 행운아를 본 적이 없소! 상상해 보시오, 젊음, 지성, 잘생긴 외모, 광적인 쾌활함, 무모할 정도의 용기, 쟁쟁한 이름, 아무리 써도 고갈되지 않는, 셀 수도 없이 많은 돈을. 그러니 그가 우리에게 어떠한 영향력을 미쳤는지는 쉽게 짐작할 수 있을 거요. 우두머리라는 나의 위치는 흔들리기 시작했소. 내 명성에 매료된 그는 나와 친해 보려 했소. 그러나 나는 차갑게 받아들였고 그는 아무런 유감 없이 내게서 멀어져 갔소. 나는 그를 증오하기 시작했소. 연대 내에서, 그리고 여성들 사이에서 그가 누리는 성공은 나를 극도의 절망으로 몰고 갔소. 나는 그와 붙어 볼 구실을 찾기 시작했소. 내가 경구를 지으면 그는 내 생각에 나의 것보다 더 기발하고 더 날카로운, 그리고 물론 비교도 안 되게 재미있는 경구로 응수했소. 그는 농담을 했고 나는 악의를 뿜어냈던 거요. 마침내 어느 날 폴란드 지주의 집에서 무도회가 열렸는데 그가 모든 여성들, 특히 나와 관계를 맺고 있었던 여주인의 관심을 독차지하는 것을 보고 나는 그의 귀에다 대고 지독하게 무례한 말을 지껄였소. 그는 얼굴을 확 붉히더니 내 뺨을 철썩 때렸소. 우리는 바로 군도를 잡았소. 여성들은 기절을 하고 사람들이 우릴 뜯어말렸소. 그날 밤 우리는 결투를 하러 갔소.

때는 새벽녘이었소. 나는 지정한 장소에 내 편 입회인 세 사람과 함께 서 있었소. 나는 형언하기 어려운 초조감에 사로잡혀 상대방을 기다리고 있었소. 봄날의 태양이 떠오르고 벌써 더운 기운이 느껴졌소. 멀리서 그가 보였소. 그는 옆구리에 찬 칼 위로 군복 코트를 걸쳐 들고서 한 명의 입회인을 동반한 채 걸어오고 있었소. 우리는 그를 향해 나아갔소. 그는 버찌가 잔뜩 든 모자를 들고 다가왔소. 입회인들은 열두 걸음의 거리를 재어 주었소. 내가 먼저 쏘게 되어 있었소. 그러나 나는 격분하여 부들부들 떨고 있었으므로 내 손의 정확성을 믿을 수가 없었고 마음을 가다듬을 시간을 벌기 위해 그에게 첫 발을 양보했소. 그러나 상대방은 거기에 응하지 않았소. 그래서 제비뽑기로 결정하기로 했소. 선취권은 영원한 행운아인 그자에게 돌아갔소. 그는 조준을 하더니 내 모자를 쏘았소. 그 다음은 내 차례였소. 그의 목숨은 마침내 내 손아귀에 걸려들었소. 나는 그에게서 조금이라도 불안한 기색을 찾으려고 게걸스럽게 그를 쏘아보았소… 그는 총구를 뻔히 바라보고 서서는 모자에서 잘익은 버찌를 골라내 우적거렸소. 게다가 씨를 내 발치까지 뱉어 내고 있었소. 그의 태연자약함이 나를 격노하게 했소. 저자가 목숨을 초개같이 여기고 있는 마당에 그것을 빼앗은들 무슨 소용일까 하는 생각이 들었소. 내 머릿속에 사악한 생각이 문득 떠올랐소. 나는 총을 내렸소. 그리고 그에게 말했소. '당신은 아직 죽을 기분이 아닌 것 같소. 아침 식사를 드시나 본데 방해할 마음은 추호도 없소…' 그러자 그가 반박했소. '방해라니 무슨 말씀을. 마음대로 쏘시오. 총알은 당신 거니까 당신 뜻에 따르겠소.' 나는 입회인들에게 고개를 돌려 지금은 쏠 의사가 없다고 말했고 결투는 그걸로 끝이 났소.

나는 전역서를 제출하고 이 작은 마을로 떠나왔소. 그날 이후 한시도 나는 복수를 잊은 적이 없소. 이제 때가 되었소…."

실비오는 주머니에서 아침에 받은 편지를 꺼내 나에게 읽어 보라며 건네주었다. (그의 업무 대리인인 듯싶은) 모 씨가 모스크바에서 보낸 편지로 거기에는 "어떤 인물"이 곧 젊고 아리따운 아가씨와 결혼식을 올리게 되었다는 소식이 적혀 있었다.

"당신은 이 '어떤 인물'이 누군지 짐작했을 거요." 실비오가 말했다. "나는 모스크바로 갈 참이오. 그자가 결혼을 앞두고서도 언젠가 버찌를 먹으며 그랬듯이 그렇게 태연자약하게 죽음을 받아들이는지 볼 작정이오!"

이 말을 하면서 실비오는 일어났다. 그는 바닥에 모자를 내동댕이치고는 우리 안에 갇힌 호랑이처럼 방 안을 이리저리 걸어다녔다. 나는 미동도 없이 그의 이야기를 듣고만 있었다. 기이한, 이율배반적인 감정이 나를 흥분시켰다.

그때 하인이 들어와 말이 준비되었다고 알렸다. 실비오는 내 손을 굳게 잡았다. 우리는 작별의 키스를 나누었다. 그는 마차에 올랐다. 마차에 실린 트렁크 두 개 중 하나에는 권총이 잔뜩 들었고 다른 하나에는 가재도구가 들어 있었다. 우리는 다시 한번 작별 인사를 했고 말은 달리기 시작했다.

II

몇 년의 세월이 흘러갔고 나는 가정 사정 때문에 N**현의 가난한 시골마을에 들어앉았다. 영지 경영으로 눈코 뜰 새 없이 바쁜 와중에 나는 늘 이전의 그 소란스럽고 무사태평한 삶을 그리워하며 남몰래 한숨지었다. 무엇보다도 어려웠던 것은 가을과 겨울의 저녁시간을 철저하게 고립되어 보내는 데 익숙해지는 것이었다. 점심 식사 때까지는 촌장과 담소하거나 일터를 둘러보거나 새로운 시설물을 구경하면서 이럭저럭 시간을 때울 수 있었다. 그러나 날이 어두워지면 나는 그야말로 어찌할 바를 몰랐다. 찬장 밑과 헛간에서 찾아낸 몇 권 안 되는 책은 하도 읽어서 이미 외울 정도였다. 창고지기 노파 키릴로브나만이 기억하고 있던 옛날 얘기들은 벌써 귀에 못이 박히도록 들어 두었고 아낙들의 노래는 내 마음속의 우수만 부채질했다. 단맛이 덜 든 과실주를 마셔 보기도 했지만 머리만 아플 뿐이었다. 고백하건대 나는 "홧술을 마셔 대는 술꾼"이, 그러니까 가장 "지독한" 술꾼이 될까 봐 겁이 났다. 우리 현에서 그런

자들은 수도 없이 보아 왔었다. 두세 명의 '지독한' 술꾼을 제외하면 주변에 가까운 이웃이라곤 없었다. 그자들의 대화란 대부분이 딸꾹질과 한숨으로 이루어져 있었다. 고독을 견디는 편이 차라리 나았다.

우리 집에서 4베르스타[4] 떨어진 곳에 B*** 백작부인의 부유한 영지가 있었다. 그러나 그곳에는 오로지 관리인만이 살고 있었다. 백작부인은 자기 영지를 결혼 첫해에 딱 한 번 방문했는데 그나마 한 달이 채 못 되어 떠나가 버렸다. 그런데 내가 은둔생활을 한 지 2년째 되는 봄에 백작부인이 남편과 함께 여름을 보내러 시골 영지로 내려온다는 소문이 퍼졌다. 실제로 그들은 6월 초순에 도착했다.

부유한 이웃의 도착은 시골에 사는 사람에겐 굉장한 사건이다. 지주들과 그들의 하인들은 두 달 전부터 그리고 3년 후까지 그 얘기를 한다. 나의 경우, 솔직히 말해서 젊고 아름다운 여자 이웃이 왔다는 소식에 무척 흥분이 되었다. 나는 그녀가 보고 싶어 안달이 났고 그래서 그녀가 도착한 후 첫 번째 일요일에 식사를 마치고 *** 마을로 말을 달

4 1베르스타는 약 1.067킬로미터.

렸다. 나는 백작 부처에게 그들의 가장 가까운 이웃이자 겸손한 종복으로 나 자신을 소개할 작정이었다.

하인은 나를 백작의 서재로 안내하고는 나의 방문을 알리러 물러갔다. 널다란 서재는 상상할 수 있는 모든 사치품으로 장식되어 있었다. 벽면으로는 책이 빽빽이 꽂힌 책장이 늘어서 있는데 책장마다 꼭대기에 청동 조상이 놓여 있었다. 대리석 벽난로 위로 큰 거울이 걸려 있고 녹색 나사羅紗천으로 덮인 마룻바닥에는 양탄자가 깔려 있었다. 초라한 거처에서 사치품을 멀리하고 살아온 나는 이미 오래전부터 타인의 부를 보아 오지 못했던 터라 잔뜩 기가 질려 마치 시골에서 온 청원자가 장관을 기다리듯 일종의 전율을 느끼며 백작을 기다렸다. 문이 열리고 한 서른두엇 정도 되는 잘생긴 남자가 들어왔다. 백작은 솔직하고 친근한 태도로 내게 다가왔다. 나는 가까스로 용기를 내어 나 자신을 소개하려 했지만 백작이 나를 앞질렀다. 우리는 자리에 앉았다. 그의 격의 없고 상냥한 대화는 곧 남 앞에 나서기를 꺼려하는 나의 수줍음을 없애 주었다. 그리하여 내가 막 평소의 마음가짐을 되찾으려는데 백작부인이 불쑥 들어왔다. 나는 전보다 더 당황하여 쩔쩔맸다. 그녀는 정말 아름다웠다. 백작은 나를 소개했다. 나는 허물없는 태도를 보이고 싶었지만 태연한 척 애를 쓰면 쓸수록 더더욱 좌불안석이 되었다. 그들은 내게 평상심을 되찾고 새로운 알음알이에 익숙해질 시간을 주기 위해 자기들끼리 이야기하기 시작했다. 그들은 마치 오랜 이웃을 대하듯 내게 허물 없이 행동했다. 그러는 동안 나는 장서와 그림들을 구경하며 방 안을 왔다 갔다 했다. 나는 그림에 관한한 문외한이지만 한 폭의 그림이 내 주의를 끌었다. 그것은 스위스의 어떤 풍경을 묘사한 것이었다. 그러나 나를 놀라게 한 것은 그림 자체가 아니라 그 그림에 두 개의 총알 자국이 겹쳐서 나 있다는 점이었다. 나는 백작을 돌아보며 말했다. "멋진 사격 솜씨로군요." 백작이 대답했다. "그래요, 놀라운 솜씨지요." 그는 얘기를 이어나갔다. "당신도 총을 잘 쏘시는지요?" "제법 쏘는 편이지요." 나는 마침내 나와 친숙한 화제가 입에 올려진 걸 기뻐하며 대답했다. "30보 떨어진 곳에서 카드를 맞출 수 있을 정도지요. 물론 손에 익은 권총이라야 하지만요." "정말로요?" 백작부인이

지대한 관심을 보이며 말했다. "그럼 여보, 당신도 30보 거리에서 맞출 수 있어요?" 백작이 대답했다. "언제 한번 시험해 봅시다. 나도 한때는 꽤 잘 쏘았었지. 그렇지만 벌써 4년째 총이라곤 안 잡아 보았는걸." "아," 나는 말했다. "그러시다면, 제가 장담하건대 20보 거리에서도 안 될 겁니다, 전하. 사격은 날마다 연습을 해야 하니까요. 저는 경험해 보아서 안답니다. 제가 근무하던 연대에서 저는 명사수 중의 하나로 손꼽혔지요. 그런데 한번은 한 달 내내 총을 잡지 못했었지요. 제 권총은 모두 수리 중이었답니다. 그런데 어떻게 되었겠습니까, 전하? 그 뒤 처음으로 총을 잡았을 때 저는 25보 거리에 놓인 병을 네 번이나 연달아 못 맞추었답니다. 저의 부대에는 입심 좋고 재치 있는 기병 대위가 하나 있었는데 그 모습을 보더니 이렇게 말하더군요. '이보게, 자네는 분명 병을 때릴 생각이 없구먼.' 전하, 절대로 연습을 소홀히 하시면 안 됩니다. 금방 잊어버리게 되니까요. 제가 만났던 가장 훌륭한 사수는 매일, 적어도 세 번 매끼 식사 전에 연습을 했답니다. 그에게는 사격 연습이 식전의 보드카 한두 잔처럼 몸에 배어 있던 셈이지요." 백작과 그의 부인은 내가 말문을 연 것에 기뻐하였다. "그래, 그 사수는 어느 정도였습니까?" 백작이 내게 물었다. "말씀 드리지요, 전하. 벽에 파리가 앉은 것을 그가 보았다 치죠. 아니, 부인께선 웃으시는군요? 그러면 그는 외칩니다. 얘, 쿠즈카, 내 권총! 쿠즈카가 장전된 총을 대령합니다. 그러면 탕, 파리는 벽에 철썩 늘어붙어 버리죠!" "정말 놀랍군요!" 백작이 말했다. "그래 그의 이름이 무어죠?" "실비오라 합니다, 전하." "허, 실비오!" 백작이 자리에서 벌떡 일어나며 외쳤다. "그래 실비오를 압니까?" "알다마다요, 전하. 그와 저는 친구 사이였습니다. 그는 우리 연대에서 동료 장교 같은 대우를 받았었죠. 그런데 벌써 그와 소식이 두절된 지 5년 가까이 됩니다. 그러니까 전하께서도 그를 아신다는 말씀이시죠?" "그래요, 아주 잘 아는 사이였지. 그가 당신한테 혹시 얘기를… 아니, 그럴 리가 없지. 그가 당신한테 아주 기이한 사건을 혹 얘기해 주지 않던가요?" "아, 무도회에서 어느 건달한테 따귀를 맞았다는 얘기 말씀이신가요, 전하?" "그 건달의 이름은 말하지 않던가요?" "아니요, 전하, 이름은 말 안 하던걸요…

아! 전하" 나는 진상을 파악하고는 얼른 말을 이었다. "죄송합니다… 저는 그만 몰라 뵙고… 전하께서 혹시 그 사람?…" "맞아요." 백작은 무척 낙담한 듯한 얼굴로 대답했다. "저기 총알 구멍이 뚫린 그림은 우리의 마지막 만남에 대한 기념품이지요…." "아, 여보, 제발 그 얘기는 그만 두세요. 생각만 해도 소름이 끼쳐요." 백작부인이 말했다. "아니, 모조리 말할 참이오." 백작이 반박했다. "저분은 내가 자기 친구를 모욕했다는 걸 알고 있소. 이제 그가 내게 어떻게 복수를 했는지 아셔야 하오." 백작은 내게 안락의자를 권했고 나는 강렬한 호기심에 차서 다음과 같은 이야기를 들었다.

"나는 5년 전에 결혼을 했습니다. 신혼의 첫 달, 소위 허니문이라는 것을 나는 여기, 이 시골 마을에서 보냈습니다. 내 인생의 가장 행복한 시절과 또 가장 고통스러운 추억이 이 집에 새겨져 있습니다.

어느 날 저녁 우리는 함께 말을 달리고 있었습니다. 제 아내의 말이 웬일인지 고집을 부리는 거였습니다. 아내는 겁이 더럭 나서 고삐를 제게 주고 걸어서 집으로 돌아갔습니다. 나는 앞장서서 말을 몰았지요. 집에 와 보니 뜨락에 여행 마차가 서 있었습니다. 하인의 말로는 이름을 밝히기를 거부하는 어떤 사람이 저한테 볼일이 있다고만 말하면서 서재에서 기다리고 있다는 거였습니다. 방 안에 들어가 보니 어둠 속에 수염이 더부룩한 사나이가 먼지를 뒤집어쓴 채 서 있었습니다. 그는 바로 여기 벽난로 옆에 서 있었습니다. 그의 인상을 기억하려 애쓰며 나는 가까이 다가갔습니다. '자네는 나를 알아보지 못하는군, 백작?' 그는 목소리를 떨며 말했습니다. '실비오!' 나는 외마디 소리를 질렀습니다. 그리고 고백하건대 나는 머리털이 곤두서는 것 같았습니다. '그래 알아보는군.' 그가 말을 계속했습니다. '자네한테 갚을 총알 한 발이 남아 있지. 그걸 쏘려고 왔네. 준비는 되었나?' 권총은 그의 옆 주머니에서 삐죽이 나와 있었습니다. 나는 열두 걸음을 잰 다음 저쪽 구석에 가 섰습니다. 아내가 돌아오기 전에 빨리 쏘아 달라고 부탁하면서 말입니다. 그는 뜸을 들였습니다. 그는 등불을 청했습니다. 그래서 촛불을 가져 오라 말했지요. 나는 아무도 들어오지 말라고 일러 놓고 문을 잠갔습니다. 그리고 다시 그에게 쏘아 달라고 부탁했습니다. 그는 권총을 꺼내 조준을 했습니다… 나는 1초 1초를 세었습니다… 아내 생각을 했습니다. 끔찍한 1분이 지나갔습니다! 실비오는 손을 내리고 말했습니다. '총에 장전된 것이 버찌 씨가 아니라 유감이군… 총알은 너무 무거워. 어쩐지 지금 하는 짓은 결투가 아니라 살인이란 생각이 드는군. 맨손인 사람에게 총을 겨누는 데는 익숙하지 않아서 말이야. 처음부터 다시 시작함세. 누가 먼저 쏠지 제비를 뽑아서 정하자고.' 나는 머리가 빙빙 도는 것만 같았습니다. 나는 동의하지 않았던 것 같습니다… 그러나 마침내 우리는 또 하나의 권총에 장전했습니다. 그는 두 장의 쪽지를 접더니 언젠가 내가 총구멍을 내었던 그 모자에 넣었습니다. 나는 또다시 1번을 뽑았습니다. '자네는 지독하게 운이 좋군, 백작.' 그는 내가 절대로 잊지 못할 냉소를 지으며 말했습니다. 내게 무슨 일이 일어났는지, 어쩌다가 그자가 나를 그런 지경으로까지 몰고 갔는지 모르겠습니다만… 나는 어쨌든 방아쇠를 당겼고 총알은 바로 이 그림에 박혔습니다." (백작은 총알 자국이 난 그림을 손가락으로 가리켰다. 그의 얼굴은 모닥불처럼 타올랐다. 백작부인의 얼굴은 그녀의 손수건보다 더 새하얗게 질려 있었다. 나는 하마터면 외마디 소리를 지를 뻔했다).

백작은 이야기를 계속했다. "저는 쏘았고 천만 다행으로 총알은 빗나갔습니다. 그러자 실비오가…(그 순간의 그의 얼굴은 정말로 무시무시했습니다) 실비오가 저를 향해 총을 겨누었습니다. 그때 문이 덜컹 열리더니 마샤가 뛰어 들어와 비명을 지르며 내 목을 끌어안았습니다. 그녀의 등장으로 나는 원기를 되찾았습니다. 저는 아내에게 말했습니다. '여보, 우리가 장난 삼아 이러는 게 안 보이오? 웬 호들갑이오! 가서 물 한잔 마시고 와요. 내 오랜 친구이자 동료를 소개시켜 줄 테니까.' 마샤는 여전히 믿지 못하겠다는 눈치였습니다. '제 남편의 말이 사실인가요? 정말로 두 분은 장난을 하고 계신 건가요?' 마샤는 무시무시한 실비오를 향해 말했습니다. 실비오가 대답했습니다. '저 친구는 항상 농담을 하지요. 언젠가 농담 삼아 제 따귀를 때렸고 농담 삼아 바로 이 모자에 총알을 박았지요. 방금 전에는 농담 삼아 총알을 빗나가게 했지요. 이젠 저도 농담을 한 번 해 볼까 하는데요…' 이 말과 함께 그는 나를 향해 총구를 들이댔습니다. 아내가 보는 데서 말입니다! 아내는 그의 발치에 몸을 던졌습니다. 나는 격분해서 소리쳤습니다. '일어나요, 마샤, 창피하지도 않소! 그리고 이보게, 이 불쌍한 여인을 언제까지 우롱할 건가? 자, 쏠 건가 말 건가?' 실비오가 대답했습니다. '쏘지 않을 걸세. 만족하네. 자네가 당황해서 벌벌 떠는 모습을 보았으니까. 자네에게 총을 쏘게 했고 그걸로 난 족하네. 자네는 나를 잊지 못할 걸세. 자네의 양심에 자네를 맡기도록 하지.' 말을 마치고 그는 자리를 떴습니다. 그러나 문가에서 걸음을 멈추더니 내가 방금 전에 맞추었던 그림을 바라보았습니다. 그러더니 거의 조준도 하지 않고 방아쇠를 당기고는 그대로 사라져 버렸습니다. 아내는 기절을 했고 하인들은 무서워서 감히 그를 잡을 생각도 못한 채 그냥 멍하니 바라만 보았습니다. 그는 현관으로 나가 소리쳐 마부를 부르고는 내가 미처 제정신을 차리기도 전에 떠나갔습니다."

백작은 입을 다물었다. 이렇게 해서 나는 언젠가 나를 그토록 사로잡았던 이야기의 결말을 알게 되었다. 그 이야기의 주인공과 나는 다시는 만나지 못했다. 전하는 바에 의하면 실비오는 알렉산드르 입실란티의 반란 때 헤타리스트 결사대를 지휘하다가 스쿨랴니 전투에서 전사했다고 한다.

눈보라

말들이 언덕 위를 달린다
눈밭을 헤치며…
저기 한 옆에
외로운 성당 하나 보이네.
〔…〕
돌연 천지에 눈보라 일어
눈덩어리 휘날리네.
검은 갈까마귀 날갯짓 요란하게
썰매 위로 날아간다.
새의 울음소리 슬픔을 예고하네!
서두르는 말들은
갈기를 곤두세우며
저 멀리 어둠을 노려본다…
—주콥스키

우리의 기억에 오랫동안 남아 있는 저 1811년도의 말엽에 가브릴라 가브릴로비치 R**이라는 지주가 네나라로보 마을의 자기 영지에 살고 있었다. 그는 인근 지방에서 손님 접대 잘하고 친절하기로 소문난 사람이었다. 사람들은 식사를 하거나 술을 마시거나 5코페이카를 걸고 그의 아내와 보스턴 게임을 하려고 끊임없이 그의 집을 찾아왔다. 몇몇 사람은 열입곱 살 난 그의 딸 마리야 가브릴로브나를 보려고 찾아왔다. 날씬하고 창백한 그 처녀는 부유한 신붓감으로 손꼽혔고 많은 남자들이 자기의 배우자로 혹은 며느릿감으로 그녀를 점찍어 두고 있었다.

마리야 가브릴로브나는 프랑스 소설을 읽으며 자라났고 따라서 당연히 사랑에 빠져 있었다. 그녀가 선택한 대상은 고향땅에서 휴가를 보내고 있는 가난한 소위보였다. 물론 이 청년도 똑같은 열정에 타오르고 있었다. 그들이 서로 사랑하는 것을 눈치 챈 처녀의 부모는 딸에게 그를 잊으라고 종용했고 그는 퇴직한 사정관보다 더 냉랭한 대접을 받았다.

우리의 연인들은 편지를 주고받았고 날이면 날마다 소

나무 숲이나 낡은 예배당 앞에서 단둘이 만났다. 거기서 그들은 영원한 사랑을 맹세했고 자신들의 운명을 한탄하며 여러 가지 궁리를 짜내 보았다. 그런 식으로 편지와 대화를 계속하던 그들은 (지극히 자연스러운 일이지만) 다음과 같은 결론에 도달했다. 우리는 상대방 없이 살 수가 없는데 잔인한 부모님의 의지가 우리의 행복을 방해한다면 그분들을 무시해 버리면 안 되는 걸까? 이 행복한 생각이 청년의 머릿속에 먼저 떠올랐고 마리야 가브릴로브나의 낭만적 상상력을 크게 만족시켰음은 더 말할 것도 없다.

겨울이 오자 그들은 더 이상 만날 수가 없었다. 그러나 편지의 교환은 더욱 활기를 띠었다. 블라디미르 니콜라예비치는 매 편지마다 그녀에게 자기의 아내가 되어 달라고, 비밀리에 결혼식을 올리자고 졸라 댔다. 얼마 동안 숨어 살다가 부모님 발밑에 몸을 던지면 그분들은 당연히 연인들의 초인적인 정절과 불행에 감동한 나머지 마침내 "아가들아, 우리 품에 안기거라!"라고 당장에 말할 거라는 거였다.

마리야 가브릴로브나는 오랫동안 망설였다. 그녀는 여러 가지 야반도주 계획을 거절했다. 그러다가 마침내 마음을 정했다. 약속한 날 그녀는 머리가 아프다는 핑계를 대고 저녁을 거른 채 자기 방으로 물러가기로 했다. 미리 한 패로 만들어 둔 몸종과 함께 뒷문을 통해 정원으로 나가 준비되어 있던 썰매를 타고 네나라도보 마을에서 5베르스타 떨어진 자드리노 마을로 달려가 곧바로 교회로 들어가면 블라디미르가 미리와서 그들을 기다리고 있기로 했다.

거사 전날 밤 마리야 가브릴로브나는 한숨도 자지 못했다. 그녀는 속옷과 의상을 챙겨 짐을 꾸렸고 인정 많은 여자친구에게, 그리고 부모님께 긴 편지를 썼다. 그녀는 더할 나위 없이 감동적인 표현을 써 가며 작별을 고했고 억제할 수 없는 열정으로 인한 자신의 죄를 용서해 달라고 빌었고 세상에서 가장 소중한 부모님 발 아래 엎드리는 허락을 받게 되는 날이 생애에서 가장 행복한 순간이 될 거라는 말로 편지를 마무리 지었다. 그녀는 두 통의 편지를 두 개의 불타는 하트와 그럴싸한 문구가 새겨진 툴라산産 봉인으로 봉함하고 동이 틀 무렵에야 자리에 누워 꾸벅꾸벅 졸기 시작했다. 그러나 무서운 꿈에 시달려 수시로 잠이 깨었다. 그녀가 결혼식을 올리러 가기 위해 썰매에 타자마자 아버지가 가로막고는 고통스럽도록 빠른 속도로 그녀를 눈길 위로 질질 끌고 가 어둡고 깊은 지하실에 처넣는 꿈이었다. 그녀는 형언할 수 없이 가슴을 두근거리며 나락으로 곤두박질쳤다. 그녀는 또 풀밭에 피투성이가 된 채 누워 있는 창백한 블라디미르를 보았다. 그는 죽어 가면서 찌를 듯한 목소리로 빨리 그와 결혼식을 올리자고 애원하였다… 이 밖에도 추악하고 무의미한 영상들이 꼬리를 물고 그녀 앞에 나타났다. 마침내 그녀는 자리에서 일어났다. 얼굴은 평소보다 더 창백했고 핑계가 아닌 진짜 두통이 덮쳐 왔다. 어머니와 아버지는 그녀의 불안을 눈치 챘다. 그들은 상냥하게 그녀를 다독거리며 끊임없이 "마샤, 어쩐 일이냐?", "마샤, 어디 아픈 건 아니니?" 하며 물어 댔고 그럴 때마다 그녀는 가슴이 찢어질 듯했다. 그녀는 부모님을 안심시켜 드리려고 짐짓 명랑한 척하려 했지만 허사였다. 저녁이 되었다. 이게 가족과 보내는 마지막 날이려니 하고 생각하니 가슴이 미어지는 것 같았다. 그녀는 산송장이나 다름없었다. 그녀는 마음속으로 식구들 한 사람 한 사람에게, 그리고 자기를 둘러싸고 있는 모든 사물에게 작별을 고했다. 저녁 식사가 나왔다. 그녀의 가슴은 무섭게 고동쳤다. 떨리는 목소리로 저녁 생각이 없다고 말하고서는 어머니 아버지에게 안녕히 주무시라는 말을 했다. 그들은 그녀에게 키스를 하며 평소처럼 축복의 말을 해 주었다. 그녀는 하마터면 울음을 터트릴 뻔했다. 그녀는 자기 방으로 돌아와서 안락의자에 몸을 던지고는 홍수처럼 눈물을 쏟았다. 몸종은 제발 진정하시고 기운을 차리시라고 애원하였다. 모든 준비가 되어 있었다. 반 시간 후면 마샤는 부모님의 집과 자기 방과 처녀 시절을 영원히 떠나야만 했다… 바깥에서는 눈보라가 휘몰아치고 있었다. 사나운 바람이 울부짖고 덧문이 덜컹덜컹 흔들렸다. 그녀에겐 이 모든 것이 무섭고 슬픈 전조처럼 여겨졌다. 곧 집 안은 조용해지고 모두들 잠이 들었다. 마샤는 숄을 휘감고 따뜻한 덧옷을 입었다. 손에 보석함을 들고 뒷문을 통해 나갔다. 몸종은 보따리 두 개를 들고 그 뒤를 따라나갔다. 두 사람은 정원에서 만났다. 눈보라는 조금도 수그러들지 않았다. 마치 젊은 죄인을 가로막기라도 하듯 바람이 마주 불어왔다. 그들은 간신히 정원의 끝까지 갔다. 길가에 썰매가 기다리고 있었다. 말들은 언 몸을 주체하지 못해 용트림을 하고 있었다. 블라디미르가 보낸 마부는 조바심 내는 말들을 붙잡고 썰매채 앞을 서성거렸다. 그는 아가씨와 몸종을 도와 마차에 앉히고 보따리와 보석함을 실었다. 그가 고삐를 잡자 말들은 달리기 시작했다. 그러면 여기서 우리 아가씨의 미래는 운명의 보살핌과 마부 테레슈카의 솜씨에 맡기고 우리의 젊은 연인에게 눈을 돌려보자.

블라디미르는 하루 종일 여기저기 돌아다녔다. 아침에는 자드리노의 사제를 만나 억지로 승낙을 받아 냈다. 그런다음 결혼식 증인을 찾아 인근 영지를 돌아다녔다. 맨처음 찾아간 사람은 마흔 살 먹은 퇴역 기병소위 드라빈이었는데 그는 기꺼이 동의하였다. 그는 이 모험이 왕년에 기병대에서 있었던 장난을 생각나게 한다고 단언했다. 그는 식사나 하고 가라며 블라디미르를 붙잡았고 다른 두 명의 증인을 찾는 것은 일도 아니라고 장담했다. 실제로 식사를 마치자 수염을 기르고 박차가 달린 장화를 신은 측량

기사 슈미트와 그 지방 경찰서장의 아들로 얼마 전에 창기병 연대에 들어간 열여섯 살가량의 소년이 등장했다. 그들은 블라디미르의 제안을 받아들였을 뿐 아니라 그를 위해서라면 목숨까지도 바칠 각오가 되어있다고 맹세했다. 블라디미르는 감격에 겨워 그들을 포옹했고 거사 준비를 위해 집으로 갔다.

날이 저문 지도 한참이 되었다. 그는 자기의 믿을 만한 마부에게 자세하고 꼼꼼한 지시를 내린 다음 삼두 썰매와 함께 네나라도보 마을로 보냈다. 그는 자기 자신을 위해서는 말 한 마리짜리 작은 썰매를 준비하라 일렀고 두어 시간 후면 마리야 가브릴로브나가 오기로 되어 있는 자드리노 마을로 마부도 없이 단신으로 썰매를 달렸다. 가는 길은 익숙했기 때문에 한 20분이면 충분히 도착할 것이었다.

그러나 블라디미르가 마을을 벗어나 들판에 나서기가 무섭게 바람이 몰아치며 눈보라가 일어 한치 앞도 볼 수가 없었다. 한순간에 길은 눈 속에 파묻히고 주위를 뒤덮은 황토빛의 탁한 안개를 뚫고 주먹만 한 눈송이가 소용돌이쳤다. 하늘과 땅을 분간하기도 어려웠다. 들판에서 정신을 차린 블라디미르는 길 위로 들어서려고 해 보았지만 헛수고였다. 말은 무턱대고 이리저리 날뛰며 시종 눈더미에 올라서거나 구덩이에 빠지곤 했다. 썰매는 자꾸만 뒤집혔다. 블라디미르는 최소한 방향이라도 잃지 않으려고 안간힘을 썼다. 그러나 벌써 30분 이상이 흐른 것 같은데 아직 자드리노의 숲에도 이르지 못하였다. 10분가량이 더 흘렀지만 숲은 보이지도 않았다. 블라디미르는 깊숙한 골짜기가 교차하는 벌판을 달려갔다. 눈보라는 수그러들지 않았고 하늘도 개는 기색이 없었다. 말은 지치기 시작했고 블라디미르는 시종 허리까지 눈에 빠지는데도 불구하고 땀을 비 오듯 흘려 댔다.

마침내 그는 자신이 방향을 잘못 잡은 것을 깨달았다. 블라디미르는 썰매를 멈추고 서서 기억하고 비교해 보다가 오른쪽으로 가야 한다고 확신하게 되었다. 그래서 오른쪽으로 가기 시작했다. 말은 거의 움직일 수도 없었다. 그는 벌써 한 시간 이상을 길에서 헤매고 있었다. 머지않아 자드리노가 나올 것이다. 그러나 가도 가도 들판은 끝나지 않았다. 눈언덕과 골짜기만 끝없이 나왔다. 썰매는 계속해서 뒤집어졌고 그는 계속해서 바로 세웠다. 시간은 자꾸만 흘러갔다. 블라디미르는 매우 불안해지기 시작했다.

마침내 저쪽에서 무언가 거무스레 보이기 시작했다. 블라디미르는 그쪽으로 방향을 틀었다. 가까이 다가가니 숲이 보였다. 오, 하느님, 마침내 다 왔군요라고 그는 생각했다. 그는 곧바로 잘 아는 길에 들어서거나 아니면 숲을 돌아갈 수 있겠거니 기대하며 숲가에 다다랐다. 자드리노는 바로 숲 너머에 있었다. 그는 곧 길을 찾았고 헐벗은 겨울나무들의 어둠 속으로 말을 몰았다. 거기서는 바람도 기승을 부리지 못했다. 길은 평탄했고 말은 원기를 찾았다. 블라디미르는 안심이 되었다.

그러나 아무리 가도 자드리노는 보이지 않았고 숲은 끝없이 이어졌다. 공포에 질린 블라디미르는 자기가 낯선 숲으로 들어왔음을 깨달았다. 그는 절망감에 휩싸여 말을 후려쳤다. 불쌍한 짐승은 속보로 달리는 듯싶더니 곧 지쳐빠져서는 15분 뒤에는 운수 사나운 블라디미르가 아무리 애를 써도 그저 터벅터벅 걸을 뿐이었다.

차츰 나무들이 듬성해지고 블라디미르는 숲에서 벗어났

다. 그래도 자드리노는 보이지 않았다. 자정쯤 된 것 같았다. 그의 눈에서 눈물이 솟구쳤다. 그는 무턱대고 썰매를 몰았다. 날씨는 누그러졌고 먹구름은 흩어졌다. 그의 앞에는 폭신폭신한 백설 주단이 쫙 깔린 평원이 펼쳐져 있었다. 청명한 밤이었다. 멀지 않은 곳에 네댓 채의 농가로 이루어진 작은 부락이 보였다. 블라디미르는 그곳으로 다가갔다. 첫 번째 농가 앞에 이르자 그는 썰매에서 뛰어내려 달려가 창문을 두드렸다. 몇 분 후 나무 덧문이 올려지고 한 노인이 백발의 턱수염을 내밀었다. "무슨 일이시오?" "자드리노까진 멀었소?" "자드리노까지 멀었냐고?" "네, 네! 멀었소?" "멀긴. 한 10베르스타만 가면 되지요." 이 말에 블라디미르는 머리털을 움켜쥐고 사형 선고를 받은 죄수마냥 그 자리에 우뚝 서 버렸다.

"그런데 어디서 오는 길이신가?" 노인이 물었다. 블라디미르는 대답할 여력도 없었다. "노인장, 자드리노까지 태워다 줄 말 좀 구해 줄 수 있겠소?" "여기 말이 오죽하겠소." 농부가 대답했다. "그러면 하다못해 안내인은 구할 수 있겠소? 돈은 달라는 대로 주리다." "잠깐 기다리슈."

노인은 덧문을 내리며 말했다. "아들놈을 보내 주리다. 녀석이 안내해 줄 거유." 블라디미르는 기다렸다. 1분도 지나지 않아 그는 다시 창문을 두드렸다. 덧문이 올려지고 턱수염이 나타났다. "무슨 일이시오?" "아드님은 어떻게 된거요?" "바로 나갈 거요. 신발을 신고 있는 중이오. 그런데 댁은 꽁꽁 얼었구랴? 들어와서 불 좀 쬐시구려." "말씀은 고맙지만 아드님이나 빨리 보내 주시오."

문이 삐거덕 열리고 곤봉을 든 청년이 나왔다. 그는 눈더미에 매몰된 길을 손가락으로 가리키기도 하고 찾아내기도 하면서 앞장서 걸어갔다. "지금 몇 시요?" 블라디미르가 물었다. "곧 동이 틀 겁니다." 농군 총각이 대답했다. 블라디미르는 더 이상 아무 말도 하지 않았다.

그들은 날이 이미 밝아 수탉이 홰를 칠 무렵에야 자드리노에 도착했다. 교회 문은 닫혀 있었다. 블라디미르는 안내인에게 돈을 주고 사제관으로 갔다. 그가 보냈던 삼두썰매는 마당에 그림자도 없었다. 그를 기다리고 있는 소식이란!

그러나 여기서 우리는 네나라도보의 선량한 지주댁으로

돌아가 무슨 일이 일어났는지 알아보자.

거기선 아무 일도 일어나지 않았다.

노부부는 잠에서 깨어나 거실로 나갔다. 가브릴라 가브리로비치는 실내모에 융으로 만든 재킷을 걸치고 있었고 프라스코비야 페트로브나는 솜을 둔 실내복을 입고 있었다. 사모바르가 나왔고 가브릴라 가브릴로비치는 마리야 가브릴로브나의 몸은 좀 어떤지, 잠은 제대로 잤는지 알아보라고 하녀를 보냈다. 하녀는 갔다 와서 아가씨는 잠을 영 못 주무셨지만 몸은 이제 좋아졌고 잠시 후 거실로 나오실 거라고 아뢰었다. 실제로 문이 열리더니 마리야 가브릴로브나가 엄마 아빠께 아침 인사를 드리러 다가왔다.

"마샤야, 머리는 좀 어떠냐?" 가브릴라 가브릴로비치가 물었다. "좋아졌어요, 아빠." 마샤가 대답했다. "어제는 난로 연기 때문에 머리가 아팠나 보구나." 프라스코비야 페트로브나가 말했다. "네, 그런가 봐요, 엄마." 마샤가 대답했다.

그날은 무사히 지나갔지만 밤이 되자 마샤는 앓아누웠다. 읍내로 사람을 보내 의사를 불러오게 했다. 의사가 저녁 무렵에 도착해 보니 환자는 인사불성이었다. 지독한 열병에 걸린 것으로 판명된 불쌍한 환자는 2주 동안이나 사경을 헤매었다.

집 안에서는 아무도 야반도주 계획을 모르고 있었다. 그 전날 밤에 그녀가 썼던 두 통의 편지는 불태워졌다. 그녀의 몸종은 주인 내외의 노여움이 두려워 아무에게도 입도 벙긋하지 않았다. 사제와 퇴역 기병소위와 콧수염 기른 측량기사와 소년 창기병은 저마다 이유가 있어 입을 다물었다. 마부 테레슈카는 절대로, 심지어 한잔 걸쳤을 때조차도 쓸데없는 말은 한마디도 하지 않았다. 이렇게 해서 비밀은 반 다스도 넘는 모반자들에 의해 철통같이 지켜졌다. 그러나 끊임없이 열에 들떠 있던 마리야 가브릴로브나 자신이 비밀을 누설하고 말았다. 그러나 그녀의 말은 너무도 앞뒤가 안 맞아 머리맡을 한시도 떠나지 않던 어머니는 단지 딸이 블라디미르 니콜라예비치를 죽도록 사랑하며 사랑 때문에 병이 났다고 미루어 짐작할 뿐이었다. 그녀는 남편 및 몇몇 이웃과 상의를 했고 마침내 모두들 이구동성으로 마리야 가브릴로브나의 팔자가 그렇게 정해졌나 보다, 인연은 피할 수 없는 것이다, 가난이 죄는 아니다, 사람과 사는 것이지 돈과 사는 것은 아니다, 등등의 결론을 내렸다. 도덕적인 속담은 우리의 행동을 정당화시킬 구실을 생각해 내기 힘들 경우에 놀라운 효력을 발휘하는 법이다.

그러는 사이에 아가씨는 점점 건강을 회복했다. 블라디미르는 벌써 오래전부터 가브릴라 가브릴로비치의 집에 얼씬도 하지 않았다. 평소에 받았던 홀대에 겁을 먹었던 것이다. 그래서 그에게 사람을 보내 뜻밖의 희소식, 즉 결혼을 허락한다는 소식을 전해 주기로 결정이 되었다. 그런데 초대에 대한 답으로 마샤의 부모님들이 반미치광이의 편지를 받았으니 네나라도보 지주들이 얼마나 놀라워했겠는가! 그는 당신네 집에는 앞으로 발그림자도 하지 않겠다, 이 불행한 인간은 그만 잊어 달라, 나에게 남은 유일한 희망은 죽음뿐이다라고 적어 보냈던 것이다. 며칠 후 그들은 블라디미르가 군에 입대했다는 소식을 접하게 되었다. 이것이 1812년의 일이다.

그들은 회복기에 있는 마샤에게 이 소식을 오랫동안 비

밀로 했다. 그녀는 한 번도 블라디미르에 관해 언급하지 않았다. 몇 달이 지난 뒤 보로지노에서 혁혁한 공을 세우고 심한 부상을 당한 용사들의 명단에서 그의 이름을 발견하고는 정신을 잃었다. 식구들은 다시 열병이 도질까 봐 걱정이 태산이었다. 그러나 천만 다행으로 기절의 후유증은 없었다.

또 다른 슬픔이 그녀를 덮쳤다. 가브릴라 가브릴로비치가 모든 재산을 그녀에게 상속한 뒤 세상을 떠났다. 그러나 유산은 그녀를 위로해 주지 못했다. 그녀는 불쌍한 프라스코비야 페트로브나의 슬픔을 진심으로 함께 나누며 절대로 어머니와 헤어지지 않겠다고 맹세했다. 그들은 슬픈 추억이 서린 네나라도보 마을을 등지고 *** 마을의 영지로 떠나갔다.

여기서도 아름답고 부유한 신붓감 주위에는 신랑 후보들이 몰려들었다. 그러나 그녀는 아무도 거들떠보지 않았으며 조금의 희망도 주지 않았다. 어머니는 가끔 남자친구를 골라 보라고 설득했지만 그녀는 고개를 절래절래 흔들며 깊은 생각에 잠기곤 했다. 블라디미르는 이미 이 세상 사람이 아니었다. 그는 프랑스군이 입성하기 전날 모스크바에서 눈을 감았던 것이다. 마샤에게 그의 추억은 신성한 것인 듯싶었다. 적어도 그녀는 한때 그가 읽었던 책이며, 그의 그림이며, 그녀에게 베껴 주었던 시 구절이며 악보 같은, 그를 생각나게 하는 모든 것을 소중하게 간직하고 있었다. 이 모든 사연을 알게 된 이웃들은 그녀의 정절에 놀라워 하며 이 순결한 아르테메이자의 애절한 정절을 마침내 정복하게 될 영웅이 나타나기를 호기심에 차 기다렸다.

그러는 사이에 전쟁은 영광스럽게 끝났다. 우리 군대는 외국에서 돌아왔고 백성들은 그들을 맞이하러 달려갔다. 악대는 〈앙리 4세 만세〉, 〈티롤 왈츠〉, 〈조콩드〉 중의 아리아 같은, 패배한 적군의 노래를 연주했다. 소년의 몸으로 출정했던 장교들은 전장의 공기를 마시고 어른이 되어 십자훈장을 달고 돌아왔다. 병사들은 연신 독일어와 프랑스어를 섞어 가며 저희들끼리 시시덕거렸다. 잊지 못할 시절이여! 영광과 감격의 시절이여! "조국"이란 낱말에 러시아인의 가슴은 얼마나 세차게 두근거렸던가! 재회의 눈물은 얼마나 달콤했던가! 우리는 얼마나 한마음이 되어 민족적 자긍심과 황제 폐하에 대한 사랑을 결합시켰던가! 폐하께도 이 얼마나 가슴벅찬 순간이었을까!

여인들, 러시아의 여인들은 그 당시 견줄 데 없는 귀감이었다. 평소의 차가움은 사라졌다. 승전군을 맞이하여 "만세!"를 외치며

공중으로 머리수건을 던져올렸을 때

그녀들의 열광은 참으로 감동적인 것이었다.

당시 장교들 중 러시아 여인이야말로 가장 훌륭하고 가장 소중한 보상을 베풀어 주었다는 걸 인정하지 않을 자 어디 있겠는가?…

이 찬란한 시절에 마리야 가브릴로브나는 어머니와 함께 ***현에 살고 있었으므로 두 수도에서 군대의 귀환을 어떻게들 축하하고 있는지 볼 수가 없었다. 그러나 작은 마을과 촌에서는 오히려 주민들의 열광이 더 심했는지도 모른다. 그런 곳에 등장한 장교는 진짜 영웅이었고 그의

곁에서 연미복을 입은 연인은 영 볼품이 없었다.

우리는 앞에서 이미 마리야 가브릴로브나가 아무리 냉정해도 그녀의 주변에는 전처럼 여전히 구혼자들이 득실거리고 있었다는 얘길 했었다. 그러나 그녀의 아성에 부르민이라 불리는 부상당한 기병대령이 나타났을 때 그들은 모두 물러서야 했다. 그는 단추 구멍에 게오르기 훈장을 달고 있었고 그곳 아가씨들의 표현을 빌리자면 "흥미롭게도 창백한" 안색을 하고 있었다. 나이는 스물여섯 살 정도였고 마리야 가브릴로브나의 시골과 인접한 자신의 영지에서 휴가를 보내기 위해 내려온 터였다. 마리야 가브릴로브나는 그에게 각별하게 대했다. 그가 있으면 평소의 수심에 찬 표정도 금세 환히 밝아졌다. 그녀가 그에게 교태를 부렸다고는 말할 수 없다. 그러나 그녀의 행동을 본 시인이라면 이렇게 말했을 것이다.

이것이 사랑이 아니라면 도대체 무어란 말인가.

사실 부르민은 대단히 매력적인 젊은이였다. 그는 여자

들이 좋아하는 바로 그런 성향을 갖추고 있었다. 즉 그는 예의 바르고 관찰력이 예리하며 가식 없이 여유작작하고 유머감각이 뛰어난 사람이었다. 마리야 가브릴로브나를 대하는 그의 태도는 순수하고 허심탄회했다. 그러나 그녀가 무슨 말을 하거나 어떤 행동을 하면 그의 관심과 시선은 곧장 그리로 향했다. 그는 온순하고 겸허한 성정을 지닌 듯 보였지만 세간의 소문에 의하면 한때는 몹시 방탕한 건달이었다고 했다. 그러나 이 점은 마리야 가브릴로브나에게 별 문제가 안 되었다. 그녀는 (젊은 여성들이 대체로 그러하듯) 한때의 무절제한 행동을 용기와 격정의 징표라 여겨 기꺼이 용서해 주었다.

그러나 무엇보다도…(그의 다정함보다도, 기분 좋은 대화보다도, 흥미로운 창백함보다도, 그리고 붕대를 감은 팔보다도) 젊은 경기병의 침묵이 그 무엇보다도 그녀의 호기심과 상상력을 자극했다. 그녀는 그가 자신을 무척 좋아한다는 사실을 인정하지 않을 수 없었다. 그 또한 두뇌와 경험으로 그녀가 자신에게 각별히 대한다는 것을 이미 눈치챘을 것이었다. 그렇다면 어째서 아직까지 그녀의 발 아래 무릎을 꿇고 사랑을 고백하지 않는 것일까? 무엇이 그를 망설이게 하는 걸까? 진실한 사랑의 동반자인 수줍음일까, 자존심일까, 아니면 교활한 바람둥이의 계략일까? 이것은 그녀에게 풀 수 없는 수수께끼였다. 한참 생각한 뒤 그녀는 유일한 이유는 수줍음이라고 결론을 내렸고 더 많은 관심과, 그리고 상황에 따라 심지어 더 큰 애정으로써 그의 원기를 북돋아 주어야겠다고 작정했다. 그녀는 그가 전혀 예상치 못할 대단원을 준비해 두고서 낭만적인 고백의 순간을 초조해하며 기다렸다. 비밀이란 어떤 종류의 것이든 언제나 여성의 가슴에 부담을 주게 마련이다. 그녀의 전략은 소기의 성공을 거두었다. 적어도 부르민은 그토록 깊은 상념에 잠겨 검은 눈으로 마리야 가브릴로브나를 그토록 뜨겁게 바라보았으므로 결정적인 순간이 다가온 듯싶었다. 이웃들은 마치 이미 결정된 일을 이야기하듯 혼인에 관해 떠들어 댔으며 선량한 프라스코비야 페트로브나는 자기 딸이 마침내 임자를 찾았다는 생각에 기뻐 어쩔 줄을 몰라 했다.

하루는 노부인이 혼자 거실에 앉아 카드패를 떼려는데

부르민이 불쑥 들어오더니 다짜고짜 마리야 가브릴로브나를 찾았다. "걔는 정원에 있다네. 어서 가 보게. 나는 여기서 자네를 기다리고 있겠네." 노부인이 대답했다. 부르민은 밖으로 나갔고 노부인은 성호를 그으며 생각했다. 옳거니, 오늘 얘기가 성사되려나 보다!

부르민은 연못가 버드나무 아래 있는 마리야 가브릴로브나를 발견했다. 흰 옷을 입고 책을 손에 들고 있는 모습이 소설의 여주인공 그 자체였다. 인사말을 주고받은 후 마리야 가브릴로브나는 일부러 대화를 중단시켰고 그럼으로써 서로 간에 느끼는 당혹감을 가중시켰다. 그 상황에서 빠져나오는 방법은 갑작스럽고 결정적인 사랑의 고백밖에는 없을 터였다. 상황은 실제로 그렇게 되었다. 부르민은 자신이 처한 곤란한 입장을 파악하고는 오래전부터 그녀에게 마음을 털어 놓을 기회를 찾아왔다고 말하면서 잠시만 자기 말을 들어 달라고 청했다. 마리야 가브릴로브나는 책을 덮고 동의의 표시로 살포시 눈을 내리깔았다.

"저는 당신을 사랑합니다." 부르민이 말했다. "당신을 미칠 듯이 사랑합니다…"(마리야 가브릴로브나는 살짝 얼굴을 붉히며 더욱 아래로 고개를 숙였다). "저는 분별없이 행동했습니다. 날마다 당신을 보고 당신의 목소리를 듣는 달콤한 습관에 젖어 버려서…"(이 대목에서 마리야 가브릴로브나는 생프뢰의 첫 번째 편지를 떠올렸다). "이제는 운명을 거역하기에 너무 늦어 버렸습니다. 당신의 추억, 당신의 그 비할 데 없이 사랑스러운 모습은 앞으로 제 인생의 고통이자 기쁨이 될 것입니다. 그러나 아직 괴롭지만 반드시 해야 할 일이 있습니다. 당신께 무서운 비밀을 고백해야 합니다. 우리 둘 사이에는 넘을 수 없는 벽이 생길지라도…." "그 벽은 언제나 있어 왔습니다." 마리야 가브릴로브나가 재빨리 그의 말을 가로막았다. "저는 결코 당신의 아내가 될 수 없는 처지였어요…." "네, 압니다." 그가 조용히 대답했다. "당신이 한때 누군가를 사랑했었고 그 사람이 죽은 뒤 3년간이나 비탄에 잠겨 있었다는 걸… 착하고 고운 마리야 가브릴로브나! 제 마지막 위안마저 뺏으려 하지 말아 주십시오. 사정이 달랐더라면 당신이 기꺼이 저의 행복을 만들어 주실 수도 있었다는 생각만은… 아무 말도 말아 주십시오, 제발, 가만히 계십시오. 당신은 저의 마음을 갈가리 찢고 있습니다. 네, 당신은 저의 아내가 될 수도 있었다는 걸 압니다, 느끼고 있습니다. 그러나, 저는, 이 불행한 인간은… 결혼을 한 몸입니다!"

마리야 가브릴로브나는 깜짝 놀라 그를 바라보았다.

"저는 결혼했습니다." 부르민은 말을 계속했다. "벌써 4년 전에 결혼을 했습니다. 그러나 아내가 누구인지, 지금 어디 살고 있는지, 언젠가 우리가 다시 만날 수 있을지, 저는 모릅니다!"

"그게 대체 무슨 말씀이세요?" 마리야 가브릴로브나가 소리를 질렀다. "어떻게 그런 일이! 계속해 주세요. 저는 나중에 말씀 드릴게요… 제발, 계속 말씀해 보세요."

"1812년 초에 저는 우리 연대가 주둔하고 있던 빌나로 급히 가고 있었습니다." 부르민이 말했다. "하루는 저녁 늦게 역참에 도착해서 빨리 말을 매달라고 일렀는데 그때 갑자기 무서운 눈보라가 치기 시작했습니다. 역참지기와 마부들은 제게 기다렸다 가라고 충고했습니다. 저는 그 충고를 따르기로 했지요. 그런데 알 수 없는 불안감이 저를 사로잡았습니다. 마치 누군가가 저를 떠다미는 것만 같았습니다. 그러는 동안에도 눈보라는 가라앉지 않았습니다. 저는 더 이상 참을 수가 없어서 다시 말을 매라고 명했습니다. 그리고 눈보라 속으로 뛰어들었습니다. 마부는 강을 따라갈 생각을 한 것 같았습니다. 그러면 갈 길을 3베르스타 정도 단축할 수가 있었으니까요. 강변에는 눈이 쌓여 있었고 마부는 도로로 접어들어야 할 장소를 지나치고 말았습니다. 그래서 우리가 정신을 차려 보니 전혀 낯선 곳이었습니다. 폭풍은 여전히 기승을 부렸고 저는 작은 불빛을 발견하고는 거기로 가라고 일렀습니다. 우리가 도달한 곳은 작은 마을이었고 불빛은 목조 교회에서 나오고 있었습니다. 교회 문은 열려 있었고 울타리 너머에는 썰매가 몇 대 있었습니다. 입구에는 사람들이 우왕좌왕하고 있었습니다. 몇 사람의 목소리가 '이쪽이오, 이쪽!' 하고 외쳤습니다. 나는 마부에게 가까이 가라고 일렀습니다. '세상에, 어디서 꾸물거리다 이제 오는 거요?' 하고 누군가가 제게 말했습니다. '신부는 기절했고 신부님은 어찌할 바를 모르고 있네. 그래서 우리도 막 돌아갈 참이었다고. 빨리

들어오게.' 저는 아무 소리 않고 썰매에서 뛰어내려 두세 자루의 촛불만 밝혀진 침침한 교회 안으로 들어갔습니다. 교회의 어두운 구석에는 아가씨 하나가 긴 의자 위에 앉아 있었고 다른 아가씨는 그녀의 관자놀이를 문지르고 있었습니다. '천만 다행이네요'라고 두 번째 아가씨가 말했습니다. '간신히 대어 오셨군요. 하마터면 저희 아씨를 죽이실 뻔하셨어요.' 늙은 신부가 제게 다가와서는 '그럼 시작할까요?' 하고 물었습니다. '시작합시다, 시작해요, 신부님' 하고 저는 아무 생각 없이 말했습니다. 아가씨를 일으켜 세웠습니다. 그녀는 상당히 아름답게 보였습니다… 이해할 수도 없고 용서받을 수도 없는 경솔함에서… 저는 제단 앞으로 가 그녀 곁에 섰습니다. 사제는 서두르고 있었고 세 명의 남자와 하녀는 아가씨를 부축하는 데만 정신이 팔려 있었습니다. 우린 결혼식을 올렸던 것입니다. '키스하세요!'라는 말이 우리한테 떨어졌습니다. 신부는 제 쪽으로 창백한 얼굴을 돌렸습니다. 제가 막 키스를 하려는 찰나에 그녀가 비명을 질렀습니다. '이 사람이 아니에요! 아니에요!' 그리고 신부는 정신을 잃었습니다. 증인들은 놀란 눈으로 저를 뚫어지게 바라보았습니다. 저는 획 돌아서서 아무런 저지도 당하지 않은 채 교회를 빠져나가 썰매에 올라타고는 '가자!' 하고 소리쳤습니다."

"맙소사!" 마리야 가브릴로브나가 소리쳤다. "당신은 그 불쌍한 당신의 부인이 어떻게 되었는지도 모르신단 말씀이세요?"

"모릅니다." 부르민이 대답했다. "제가 결혼식을 올린 그 마을 이름도 모르고 어떤 역참에서 출발했는지도 기억이 안 납니다. 저의 그 못된 장난을 당시에는 대수롭지 않게 생각했습니다. 그래서 교회를 뜨자마자 잠이 들어 다음날 아침 세 번째 역참에서 잠이 깨었습니다. 그때 저와 함께 있었던 종복은 전장에서 죽었습니다. 그래서 이제 제가 그토록 잔인하게 놀려먹은 아가씨, 지금 이렇게 잔인하게 제게 복수를 하고 있는 아가씨를 찾아낼 희망조차 없는 겁니다."

"오, 하느님, 하느님!" 마리야 가브릴로브나는 그의 손을 잡으며 말했다. "그게 당신이었군요! 그래, 절 못 알아보시겠어요?"

부르민의 얼굴에서 핏기가 싹 가셨다… 그리고 그는 그녀의 발 아래 몸을 던졌다.

장의사

우리는 날마다 관을 보는 것 아닐까,
이 늙어 가는 우주의 백발을?
—데르자빈

장의사 아드리안 프로호로프의 마지막 가재도구가 영구차에 실리자 비쩍 마른 두 필의 말이 네 번째로 바스만나야 거리에서 장의사가 식솔을 거느리고 이사하는 니키트스카야 거리로 어슬렁어슬렁 가기 시작했다. 가게 문을 잠근 장의사는 문에다 매매 혹은 세 놓음이라고 써 붙이고 새 집을 향해 걸음을 옮겼다… 오랫동안 마음속에서 그려 왔던, 그리고 마침내 상당한 돈을 주고 구입한 저 누르스름한 작은 집에 가까이 가면서 늙은 장의사는 자신이 기뻐하지 않고 있다는 사실에 놀라워했다. 그는 낯선 집의 문지방을 넘어가 잔뜩 어질러진 새로운 거처를 보고는 근 18년 동안 모든 것이 엄격한 규율로 유지되었던 자신의 낡은 오두막이 그리워 한숨을 쉬었다. 그는 두 딸과 하녀에게 꾸물댄다고 잔소리를 퍼부었고 몸소 그들의 일을 거들어 주었다. 그러면 곧 질서는 회복되었다. 성상함, 찬장, 식탁, 소파, 침대는 뒷방의 제자리를 찾아 놓여졌다. 부엌과 거실에는 주인이 만든 제품들, 즉 여러 가지 색과 크기의 관들, 장례식 모자와 망토와 횃불이 들어 있는 장들이 자리를 잡았다. 문에는 간판이 걸려 있었는데 거기에는 횃불을 거꾸로 든 통통한 큐피드와 함께 "일반 관 혹은 채색된 관의 판매, 제작, 임대. 낡은 관의 수선도 가능"이라는 문구가 새겨져 있었다. 딸들이 자기 방으로 돌아가면 아드리안은 집 안을 한 바퀴 둘러보고 창가에 앉아 사모바르를 준비하라 일렀다.

교양 있는 독자라면 셰익스피어와 월터 스콧 모두 무덤 파는 인부를 명랑하고 장난스러운 인물로 묘사한 것은 대비를 통해 우리의 상상력을 더욱 강력하게 자극하기 위함이었다는 걸 아시리라 믿는다. 진실을 존중하는 우리는 그들의 전례를 따를 수 없으며 우리 나라 장의사의 성격은 자신의 음침한 직업과 완전히 일치한다는 사실을 인정하지 않을 수 없다. 아드리안 프로호로프는 대체로 음울하고 과묵했다. 그가 침묵을 깨는 경우란 딸들이 하는 일 없이 창문 너머로 행인들을 바라보고 있는 걸 발견하곤 잔소리를 해 댈 때나 자기의 작품을 필요로 하는 불행(혹은 행운)을 당한 사람들에게 턱없이 비싼 값을 부를 때뿐이었다. 그런 아드리안이 창가에 앉아 일곱 잔째 차를 마시며 언제나처럼 슬픈 상념에 젖어 있었다. 그는 일주일 전 퇴역한 여단장의 장례 행렬이 관문 근처에 이르렀을 때 쏟아졌던 폭우에 대해 생각하고 있었다. 비 때문에 여러 벌의 망토가 줄어들었고 모자 또한 여러 개가 찌그러졌다. 그가 가지고 있는 오래 된 장례 의상들은 형편없이 되어 버렸으므로 불가피한 지출이 예상되었다. 그는 벌써 1년 전부터 사경을 헤매고 있는 늙은 장사꾼 마누라 트류히나의 장례로 손해를 벌충하길 기대했다. 그러나 트류히나는 라즈굴랴이 거리에서 죽어 가고 있었고 그는 노파의 상속인들이 비록 약속은 했지만 구태여 멀리 있는 자기를 부르지 않으면 어떡하나, 가까운 곳의 청부인과 거래를 하면 어떡하나 하고 걱정이 태산이었다.

이런 생각은 느닷없이 프리메이슨식으로 세 번 문을 두드리는 소리에 중단되었다. "누구시오?" 장의사가 물었다. 문이 열리고 첫눈에 단박 독일인 직공으로 보이는 사람이 방 안으로 들어오더니 명랑한 표정으로 장의사에게 다가왔다. "죄송합니다, 영감님." 그는 우리가 아직도 웃지 않고는 들어 주기 어려운 러시아 사투리를 써 가며 말했다. "실례인 줄 알지만… 빨리 찾아뵙고 인사를 드리고 싶어서요. 저는 제화공이고 이름은 고틀리프 슐츠라고 합니다. 길 건너, 영감님 댁 창문에서 마주 보이는 집에 살고 있습죠. 내일은 저의 은혼식이라 영감님과 따님들을 모시고 조촐히 식사나 하고 싶어서요." 초대는 기꺼이 받아들여졌다. 장의사는 제화공에게 잠깐 앉아 차라도 한잔 마시고 가라고 권했고 고틀리프 슐츠의 솔직한 성격 덕분에 그들은 곧 격의 없는 대화를 나누게 되었다. "장사는 잘 되시는지요?" 아드리안이 물었다. "헤헤, 그저 그렇습니다." 슐츠가 대답했다. "뭐 그냥 먹고사는 정도지요. 물론 제 장사는 영감님 장사와 다르지요. 산 사람이 장화 없이 다닐 수는 있어도 죽은 사람이 관 없이 살 수는 없으니까요." "그렇다마다요." 아드리안이 맞장구를 쳤다. "그렇지만 산 사람이 장화를 살 수 없으면 맨발로 다니면 그만이니 당신은 화낼 일이 없지요. 그런데 가난뱅이가 죽으면 거저 관을 얻는답니다." 이런 식으로 잠시 동안 대화가 계속되었다. 마침내 제화공은 일어나서 다시 한번 초대의 말을 하고는 장의사에게 작별을 고했다.

다음 날, 정각 12시에 장의사와 그의 딸들은 새로 산 집의 쪽문을 나와 이웃의 집으로 향했다. 여기서는 오늘날 낭만주의 작가들이 으레 하듯이 아드리안 프로호로프의 러시아식 카프탄이니, 아클리나와 다리야의 유럽식 의상 따위를 묘사하지는 않겠다. 다만, 노란색 모자를 쓰고 빨간색 장화를 신은 두 처녀의 차림새는 명절 때만 볼 수 있는 차림이라는 사실을 언급하는 것이 쓸데없는 일은 아닐 것이다.

제화공의 작은 아파트는 손님들로 가득 찼는데 대부분은 아내와 견습공을 데리고 온 독일인 직공들이었다. 러시아 관리로는 핀란드인 순경 유르코 한 사람뿐이었는데 그는 별볼일없는 직위에도 불구하고 주인의 각별한 환대를 만끽하고 있었다. 마치 포고렐스키의 역마차 마부처럼 그도 25년간이나 그 직책에 믿음과 정의로써 봉직하였다. 1812년의 대화재는 옛 수도를 잿더미로 만들었고 그의 노란색 초소 또한 박살을 냈다. 그러나 적들이 패주하자 그 자리에는 도리아식의 흰 원주로 받쳐진 회색 초소가 세워졌고 유르코는 다시 "나사羅紗천 갑옷을 입고 도끼를 손에 든 채" 그 주변을 어슬렁거리기 시작했다. 그는 니키트스키 문 근방에 사는 대부분의 독일인들에게 알려져 있었는데 그들 중의 어떤이들은 심지어 그의 집에서 일요일 밤을 지새우기도 했다. 아드리안은 유르코가 조만간 그에게 필요한 인물이란 걸 파악하고는 신속하게 그와 통성명을 했고 손님들이 식탁에 앉을 때는 그와 자리를 나란히 했다. 슐츠 부부와 열일곱 살 먹은 그들의 딸 로트헨은 손님들과 식사를 같이 하면서 함께 시중도 들고 요리사의 일을 거들기도 했다. 맥주가 강물처럼 흘러넘쳤다. 유르코는 4인분을 먹어 치웠고 아드리안도 뒤지지 않았다. 그의 딸들은 조신하게 체면을 지키며 앉아 있었다. 독일어로 주고받는 대화는 시간이 지남에 따라 점차 소란스러워졌다. 갑자기 주인이 손님들의 주의를 환기시키더니 송진으로 밀봉한 병마개를 따면서 러시아어로 큰 소리로 외쳤다. "착한 아내 루이자의 건강을 위하여!" 샴페인 비슷한 액체가 거품을 내기 시작했다. 주인은 마흔 살 먹은 자기 아내의 생기 넘치는 볼에 다정하게 키스를 했고 손님들은 착한 루이자를 위해 떠들썩하게 건배를 했다. 주인은 두 번째 병을 따면서 외쳤다. "친애하는 손님들의 건강을 위하여!" 손님들은 또다시 잔을 비우며 그에게 감사의 말을 건넸다. 그리하여 여러 가지 건배가 줄줄이 이어졌다. 손님 한 사람 한 사람의 건강을 위해 마셨고 모스크바와 한 다스나 되는 독일 도시들의 안녕을 위해 마셨다. 모든 조합을 싸잡아서 그것의 발전을 위해 마셨고 조합 하나하나의 발전을 위해서도 마셨다. 모든 장인들과 견습공들의 건강을 위해서도 마셨다. 아드리안은 열심히 마셨고 자진해서 웃기는 건배를 제창할 정도로 기분이 알딸딸해졌다. 갑자기 손님 중의 어느 뚱뚱한 제빵공이 잔을 높이 들고 외쳤다. "우리에게 일감을 주는 분들, '우리의 고객들'의 건강을 위하여!" 이

건배 역시 다른 모든 건배와 마찬가지로 흔쾌히, 만장일치로 받아들여졌다. 손님들은 서로서로에게 인사를 하기 시작했다. 재봉사는 제화공에게, 제화공은 재봉사에게, 제빵공은 그 두 사람에게, 이 모든 사람은 제빵공에게, 하는 식으로 인사가 이어졌다. 이렇게 서로 인사를 주고받는 중에 유르코는 옆 사람에게 고개를 돌리며 외쳤다. "뭘 하고 있나? 망자들을 위해서 한잔 하지, 형씨." 모두들 깔깔 댔지만 장의사는 모욕을 당했다는 생각에 인상을 찌푸렸다. 아무도 그것을 눈치 채지 못했다. 손님들은 계속 마셔 댔고 저녁 예배를 알리는 종소리가 울릴 무렵에야 자리에서 일어났다.

손님들은 대부분 거나하게 취해서 밤늦게 헤어졌다. 뚱뚱한 제빵공과 얼굴이 마치 시뻘건 염소 가죽 책표지처럼 보이는 제본공이 유르코를 부축하여 그의 초소로 데려다 주었다. "인정도 품앗이"라는 러시아 속담을 그대로 실천한 셈이다. 장의사는 술에 취하고 화가 나서 집에 돌아왔다. "대체 이게 뭐야, 내 일이 다른 놈의 일보다 못하단 말이야?" 그는 혼잣말로 중얼거렸다. "장의사가 뭐 망나니

동생쯤 되나? 이교도놈들이 뭐 잘났다고 비웃어? 장의사가 뭐 크리스마스 어릿광대야? 집들이에 불러다가 실컷 먹여 주려고 했더니만. 어림 반 푼어치도 없다! 대신 나에게 일감을 주는 양반들, 돌아가신 정교도 신도들을 불러야겠다." "무어라고요, 어르신?" 이때 마침 그의 장화를 벗겨 주고 있던 하녀가 말했다. "무슨 그런 말씀을 하세요? 성호를 그으세요! 집들이에 망자를 초대한다고요! 아이구 끔찍해라!" "내 맹세코 부를 테다." 아드리안이 계속 말했다. "그것도 내일 당장에. 나의 은인들이시여, 제발 부탁이오니 내일 저녁 저의 집 잔치에 오시라. 차린 것 없어도 정성껏 모시리라." 이 말과 함께 장의사는 침대에 쓰러져 곧 코를 골기 시작했다.

밖은 아직 컴컴한데 사람들이 아드리안을 깨웠다. 장사꾼 마누라 트류히나가 바로 그날 밤에 세상을 떠났고 그 집 집사가 보낸 심부름꾼이 이 소식을 가지고 아드리안에게 말을 달려 왔던 것이다. 장의사는 그에게 술 한잔 하라고 10코페이카를 준 다음 서둘러 옷을 입고 마차를 잡아타고는 라즈굴랴이 거리로 향했다. 고인의 집 앞에는 벌써 경찰이 와 있었고 상인들이 마치 송장 냄새를 맡은 까마귀 떼처럼 서성대고 있었다. 고인은 밀랍처럼 노란 얼굴로 탁자 위에 누워 있는데 시신은 아직 사후 부패로 손상되지 않은 채였다. 그녀의 주위에는 친척들과 이웃들과 하인들로 붐비고 있었다. 창문이란 창문은 모두 활짝 열려졌고 촛불이 타고 있었다. 사제들이 기도문을 읊조리고 있었다. 아드리안은 고인의 조카인, 최신 유행의 프록코트를 입은 젊은 상인에게 다가가 관과 양초와 관 및 기타 모든 장의 용품을 완벽하게 갖추어 즉각 준비해 드리겠노라고 말했다. 상속인은 그에게 건성으로 고맙다고 말하고는 값은 따지지 않을 테니 모든 걸 양심껏 처리해 달라고 부탁했다. 장의사는 평소의 습관대로 한푼도 더 안 받겠다고 맹세하고는 집사와 의미 있는 눈길을 주고받은 다음 장례 준비를 위해 집으로 돌아갔다. 그는 하루 종일 라즈굴랴이 거리와 니키트스키 문 사이를 왔다 갔다 했다. 저녁 무렵이 되어서야 모든 일을 처리하고는 마차를 돌려보내고 걸어서 집으로 돌아갔다. 달빛이 고운 밤이었다. 장의사는 무사히 니키트스키 문까지 갔다. 예수 승천 성당 앞에서 그와 안면이 있는 우리의 유르코가 누구냐고 소리치더니 장의사를 알아보고는 잘 자라는 인사를 했다. 벌써 꽤 늦은 시각이었다. 그런데 장의사가 자기 집 앞에 이르렀을 때 갑자기 누군가가 대문으로 다가가 쪽문을 열고는 안으로 사라지는 듯하였다. "저게 무슨 일일까?" 아드리안은 의아하게 생각했다. "대체 누가 또 나를 찾는 거지? 혹시 도둑이 든 거 아니야? 바보 같은 딸년들한테 애인이 생겼나? 설마 그럴라고!" 장의사는 소리를 질러 친구 유르코의 도움을 청할 생각을 했다. 그런데 바로 그 순간 또 다른 누군가가 쪽문으로 다가가 안으로 들어가려 했다. 그러나 달려오는 주인을 보고는 멈춰 서서 삼각모자를 벗었다. 그자의 인상이 어딘지 낯익었지만 아드리안은 서두르는 바람에 제대로 살펴볼 겨를이 없었다. "저한테 볼일이 있으신가 본데," 아드리안은 숨을 헐떡이며 말했다. "어서 들어가시지요." "괜히 격식 차리지 말게, 영감." 손님이 허한 목소리로 말했다. "먼저 들어가라고. 손님한테 길을 안내해야지!" 사실 아드리안은 격식을 차릴 겨를도 없었다. 쪽문은 열려 있었고 그는 문 안으로 들어가 계단을 올라갔다. 손님은 그의 뒤를 따랐다. 아드리안은 자기 방에서 사람들이 오가는 기미를 느꼈다. "귀신이 곡할 노릇이로구먼!" 이런 생각을 하며 서둘러 방 안에 들어서자… 그의 다리는 휘청거렸다. 방 안에는 망자들이 가득 모여 있었다. 창문으로 들어오는 달빛이 그들의 누렇고 시퍼런 얼굴, 푹 꺼진 입, 흐릿하게 반쯤 감은 눈, 그리고 튀어나온 코를 비추어 주었다… 아드리안은 공포에 떨며 그들 중에 자기가 심혈을 기울여 묻어 준 사람들을 알아보았다. 자기와 함께 들어온 손님은 또한 폭우가 쏟아지던 날 매장한 여단장이란 걸 알아보았다. 그들은 모두 남자고 여자고 할 것 없이 장의사를 빙 둘러싸고 허리를 굽혀 인사했는데 오직 한 사람, 얼마전에 공짜로 묻어 준 거렁뱅이만이 자신의 남루한 옷차림이 부끄러웠는지 가까이 다가올 생각을 못하고 한구석에 쭈뼛대며 서 있었다. 다른 사람들은 모두 우아한 차림이었다. 여자들은 두건에 리본까지 달고 있었고 관리였던 사람들은 비록 면도는 못했지만 제복을 입고 있었고 상인들은 명절 때 입는 카프탄을 걸치고 있었다. "이보게, 프로호로프," 여단장이 명예로운 손님 모두를 대표해서 말했다. "자네의 초대를 받고 우리는 모두 무덤에서 올라왔네. 여력이 없는 자들, 완전히 썩은 자들, 살점은 없고 뼈만 남은 자들만 집에 남았지. 그런데 한 녀석은 그럼에도 불구하고 자네 집에 오지 않고는 배길 수가 없었던 모양이야…." 이때 자그만 해골이 인파를 헤치며 아드리안에게 다가왔다. 해골은 장의사에게 정다운 미소를 지어 보였다. 연녹색과 붉은 색의 양복지와 낡은 아마포 조각들이 막대기에 걸려 있듯이 뼈다귀에 여기저기 붙어 있었다. 다리뼈는 절구 속의 절굿공이마냥 커다란 기병 장화 속에서 달그락거렸다. "프로호로프, 날 몰라보겠나." 해골이 말했다. "퇴역 근위 중사 표트르 페트로비치 쿠릴킨을 기억 못 하겠나? 1799년에 자네는 첫 번째 관을 나한테 팔았지. 소나무 관을 참나무 관이라고 속였지?" 이 말과 함께 망자는 뼈만 앙상한 팔을 벌려 그를 안으려 했다. 아드리안은 있는 힘을 다해 비명을 지르며 그를 물리쳤다. 표트르 페트로비치는 비틀거리다가 나자빠지더니 그대로 산산조각이 났다. 망자들 사이에서 격분의 소리가 터져 나왔다. 모두들 자기네 동료의 명예를 위해 분연히 일어서 아드리안에게 욕설과 협박을 퍼부으며 달려들었다. 그들의 고함에 귀가 멍해진 주인은 거의 숨이 막혀 정신을 잃고 퇴역 근위 중사의 뼈 위에 쓰러져 완전히 혼절해 버렸다.

태양은 벌써부터 장의사가 누워 있는 침대를 비추고 있었다. 이윽고 그는 눈을 떴다. 바로 앞에서 사모바르를 끓이고 있는 하녀가 눈에 들어왔다. 아드리안은 공포에 떨며 간밤에 있었던 모든 사건을 기억했다. 트류히나, 여단장, 그리고 근위 중사 쿠릴킨이 어렴풋이 그의 상상 속에 나타났다. 그는 하녀가 먼저 입을 열어 지난밤 사건의 결말을 얘기해 주길 잠자코 기다렸다.

"어쩜 그렇게 잘 주무세요, 아드리안 프로호로비치 나리." 악시니야가 그에게 가운을 건네주며 말했다. "옆집 재봉사가 다녀갔었어요. 그리고 이 동네 경관이 와서 오늘이 서장님 영명축일이라 알려 주었어요. 그렇지만 나리께서 하도 곤히 주무시는 바람에 깨울 수가 없었어요."

"그러면 돌아가신 트류히나 댁에서 누가 안 왔었나?"

"돌아가시다뇨? 그 양반이 정말 돌아가셨어요?"

"이런 멍청이! 어제 그 양반 장례 준비하는 걸 네가 거들었잖아?"

"어머 그게 무슨 말씀이세요, 나리? 지금 제정신이세요? 아니면 엊저녁에 드신 술이 아직 안 깨셨나 봐? 어제 무슨 장례식이 있었다고 그러세요? 하루 온종일 독일 사람 집에서 술만 드시구선. 잔뜩 취해 돌아오시자마자 곯아떨어져 가지고는 바로 전까지 주무셨잖아요. 벌써 오전 미사 종도 울렸는걸요."

"어, 그래!" 장의사는 안도의 숨을 내쉬며 말했다.

"글쎄 그렇다니까요." 하녀가 대답했다.

"흠, 그렇다면 어서 차를 가져오고 딸애들을 부르거라."

역참지기

역참의 독재자는
관등이 14등관이라네.
—뱌젬스키 공작

그 누가 역참지기를 저주하지 않았던가, 그 누가 그들과 싸워 보지 않았던가? 화가 머리끝까지 올라 횡포와 무례와 근무태만이라는 쓸데없는 불평을 적어 넣기 위해 운명의 장부를 내놓으라고 호령해 보지 않은 자 누구인가? 그들을 모스크바 왕조 시절의 말단 서기보나 최소한 무롬의 도적 떼와 맞먹는 인간쓰레기로 취급하지 않는 자 그 누구인가? 하지만 한 번쯤 그들의 입장이 되어 공정하게 생각해 보자. 그러면 우리는 훨씬 관대하게 그들을 평가할 수 있을지 모른다. 대체 역참지기란 무엇인가? 열네 번째 관등에 속해 있는 완벽한 수난자로 오로지 관등 덕택에 구타를 모면하지만 그것도 언제나 그런 건 아니다(이 점은 독자 여러분의 양심에 맡긴다). 뱌젬스키가 농담 삼아 독재자라고 부르는 역참지기의 의무는 무엇인가? 그야말로 진정한 고역 아닐까? 밤이고 낮이고 마음 편할 때가 없다. 여행자는 지루한 여정 동안 쌓이고 쌓인 짜증을 역참지기한테 분풀이한다. 날씨가 고약한 것도, 도로가 엉망인 것도, 마부가 먹통인 것도, 말들이 느려 빠진 것도 모두가 역참지기 탓이라는 것이다. 그의 옹색한 숙소에 들어선 여행자는 마치 원수를 보듯 그를 쏘아본다. 만일 이 초대받지 않은 손님을 신속하게 떠나보낼 수 있다면 다행이다. 그러나 만일 말이 때마침 준비되지 않았다면?… 맙소사! 얼마나 호된 욕설과 협박이 그의 머리 위로 쏟아질 것인가! 구질구질하게 비가 내리는 날에도 그는 이 집 저 집 뛰어다녀야 한다. 한겨울의 추위와 폭풍 속에서도 화가 난 숙박인의 고함소리와 주먹질을 한순간이나마 피해 보려고 현관으로 도망가야 한다. 장군이 도착한다. 그는 벌벌 떨며 파발꾼 전용으로 남겨 두었던 삼두마차까지 포함하여, 마지막 남은 두 대의 삼두마차를 대령한다. 장군은 고맙다는 말도 없이 가 버린다. 그러고 나서 5분 뒤, 종이 울린다!··· 그리고 관청의 파발꾼이 그의 탁자에 역마권을 던진다!··· 이 모든 걸 주의깊게 고려해 본다면 우리의 가슴은 분노 대신 진정한 동정심으로 가득차게 될 것이다. 몇 마디만 더 하자. 나는 20년 동안 줄기차게 러시아 방방곡곡을 돌아다녔다. 거의 모든 역마로가 내겐 친숙하다. 마부들도 몇 대에 걸쳐 나와 안면이 있다. 내가 얼굴을 모르거나, 나와 거래를 안 해 본 역참지기란 거의 없다. 나는 조만간에 내가 여행길에서 보고 들은 그 숱한 흥미로운 이야기들을 출판할 작정이다. 지금은 그저 역참지기라는 계층이 일반인들의 의식 속에 매우 거짓된 모습으로 제시되고 있다는 것만 말해 두고 싶다. 그토록 욕을 먹는 역참지기들은 대체로 매우 온유하고 천성이 친절하며 붙임성이 있고 젠체하지 않으며 돈 욕심도 없는 편이다. 그들과 대화를 나누어 보면 (여행자들이 그것을 무시하는 것은 참으로 뜻밖이다) 많은 흥미롭고 교훈적인 것을 얻을 수 있다. 나로 말할 것 같으면, 솔직히 말하건대 그들과의 대화를 공무로 여행하는 무슨 6등관 나리의 이야기보다 더 좋아한다.

나에게 이 존경스러운 역참지기 계층의 친구가 있으리란 건 쉽게 짐작할 수 있을 것이다. 실제로 그들 중 한 사람에 대한 추억은 내게 무척 소중하다. 과거 한때 상황이 우리를 가깝게 만들어 주었고 이제부터 내가 친애하는 독자에게 하려고 하는 얘기는 그에 관한 것이다.

1816년 5월, 나는 지금은 없어진 역마로를 따라 여행하던 중 ***현을 지나가게 되었다. 나는 보잘것없는 관직에 있었으므로 우편마차를 이용했고 말 두 필에 대한 마차삯만 지급했다. 그 결과 역참지기들은 나에게 예의를 차리지 않았고 나는 당연히 나의 권리라 생각되는 것도 싸움을 해서야 얻곤 했다. 당시 나는 젊었고 성미도 급했다. 그래서 역참지기가 내 마차를 위해 준비된 말 세 필을 고관 나리의 마차에 매어 줄 때면 그의 비열함과 소심함에 울화통을 터트렸다. 나는 지사댁 만찬 석상에서 눈치 빠른 하인이 나를 건너뛰어 요리접시를 나르는 데에도 오랫동안 익숙해질 수 없었다. 그러나 지금은 이것도 저것도 모두 순리라는 생각이 든다. 만약에 모두에게 편리한 법칙, 즉 "모든 일엔 관등이 우선" 대신 다른, 이를테면 "모든 일엔 지혜가 우선"이라는 법칙이 도입된다면 우리는 어떻게 될까? 엄청난 싸움이 벌어질 것이다! 그리고 하인들은 누구한테 먼저 요리를 날라야 할까? 그러면 이쯤해서 나의 이야기로 돌아가자.

무더운 날이었다. 역참에서 3베르스타쯤 떨어진 곳에서 빗방울이 뚝뚝 떨어지기 시작했다. 그러더니 잠시 후 억수같은 비가 쏟아져 나는 속옷까지 흠뻑 젖고 말았다. 역참에 도착하자마자 맨 먼저 할 일은 옷을 갈아입는 일이었고 그 다음엔 차를 청하는 일이었다. "얘, 두냐!" 역참지기가 소리쳤다. "사모바르를 준비하고 나가서 크림을 가져오너라." 이 말이 떨어지자 칸막이 뒤에서 열네 살가량의 소녀가 나오더니 현관 쪽으로 뛰어갔다. 그녀의 미모에 나는 입이 떡 벌어졌다. "당신 딸이시오?" 내가 역참지기에게 물었다. "네, 제 딸년입죠." 그는 흡족한 표정으로 자랑스럽게 말했다. "영리하고 잽싼 게 꼭 죽은 제 에미를 닮았습죠." 그런 뒤 그는 내 역마권을 베껴 쓰기 시작했고 나는 그의 옹색한, 그러나 정돈된 숙소를 장식하고 있는 그림들을 살펴보았다. 그것들은 돌아온 탕아의 이야기를 묘사하고 있었다. 첫 번째 그림에서는 타원형 모자를 쓰고 평상복을 입은 점잖은 노인이 안달이 난 젊은이를 떠나보내는데 젊은이는 서둘러 노인의 축복과 돈자루를 받아들고 있다. 두 번째 그림에는 선명한 화필로 청년의 방탕한 생활이 묘사되어 있다. 그는 거짓 친구들과 부끄럼을 모르는 여자들에 둘러싸여 식탁 앞에 앉아 있다. 그 다음 그림에는 돈을 다 써 버린 청년이 누더기에 삼각모자를 쓰고 돼지를 치면서 돼지 먹이를 나누어 먹고 있다. 그의 얼굴에는 깊은 슬픔과 회한이 그려져 있다. 마지막으로 청년이 아버지에게로 돌아오는 장면이 그려져 있다. 똑같은 모자에 평상복을 걸친 선량한 노인은 그를 맞으러 뛰어나가고 돌아온 탕아는 무릎을 꿇고 앉아 있다. 배경에는 요리사가 살찐 송아지를 잡고 있고 그의 형은 하인에게 아버지가 왜 그토록 기뻐하는지 묻고 있다. 각 그림 아래에는 그림에 걸맞은시구가 독일어로 적혀 있었다. 이 모든 것은 봉선화가 담긴 화분과, 얼룩덜룩한 휘장이 내려진 침대, 그리고 그때 내 주변에 있던 모든 사물과 함께 아직까지 내 기억 속에 남아 있다. 쉰 살가량 된 정정하고 활기찬 주인과 빛바랜 리본에 세 개의 메달이 달려 있는 그의 기다란 녹색 프록코트가 지금도 눈앞에 생생하게 보인다. 내가 늙은 마부에게 삯을 지급하기도 전에 두냐는 사모바르를 가지고 돌아왔다. 이 작은 요부는 두 번째로 나를 보자 자기가 나에게 준 인상을 간파했다. 그녀는 커다란 푸른 눈을 내리깔았다. 나는 그녀와 이야기를 나누기 시작했고 그녀는 아무런 스스럼 없이, 마치 세상맛을 아는 여자처럼 내 말에 대꾸했다. 나는 그녀의 아버지에게 펀치술을 한잔 권했고 그녀에게는 차를 따라 주었다. 우리 세 사람은 오랜 친구처럼 이야기꽃을 피웠다.

말은 벌써 오래전에 준비가 되었지만 나는 역참지기나 그의 딸과 헤어지는 것이 못내 섭섭했다. 마침내 그들과 작별을 고했다. 역참지기는 좋은 여행이 되길 빌어 주었고 딸은 마차까지 나를 바래다주었다. 현관에서 나는 발길을 멈추고 그녀에게 키스를 하게 해 달라고 청했다. 두냐는 그러라고 했다… 나는 수없이 많은 키스를 해 보았었다,

맨 처음 키스 이후로,

그러나 그날의 키스만큼 내게 그토록 길고 그토록 달콤한 추억을 남겨 준 키스는 없었다.

몇 해가 흘러갔다. 나는 사정이 생겨 또다시 같은 역마로와 같은 장소를 지나가게 되었다. 나는 늙은 역참지기의 딸을 기억했고 그녀를 다시 볼 수 있다는 생각에 자못 흐뭇했다. 그러나 한편으로 늙은 역참지기는 전근되었을지도 모르고 또 두냐는 어쩌면 시집을 갔을 거라는 생각도 들었다. 둘 중의 한 사람이 죽었을지도 모른다는 생각이 머릿속을 언뜻 스쳐기도 했다. 그래서 나는 슬픈 예감을 품고서 *** 역참으로 다가갔다.

말들이 역참 관사 앞에 멈추었다. 방에 들어가자 나는 즉시 돌아온 탕아의 이야기를 그린 그림들을 알아보았다. 식탁과 침대는 옛날 그 자리에 놓여 있었다. 그러나 창턱에 있던 꽃들은 이미 보이지 않았고 주위의 모든 것이 오래되고 무관심하게 방치되어 있다는 느낌을 주었다. 역참지기는 털외투를 뒤집어쓴 채 자고 있었다. 내가 들어오는 소리에 그는 잠에서 깨었다. 그는 일어났다… 분명 삼손 비린이었다. 그러나 그는 얼마나 늙었던지! 그가 내 역마권을 베껴 쓸 준비를 하는 동안 나는 그의 백발과 오랫동안 면도도 하지 않은 얼굴에 깊게 패인 주름살과 꾸부정한 등을 유심히 살펴보았다. 그리고 정정했던 사내가 불과 삼사 년 만에 이렇게 병약한 노인으로 돌변했다는 사실에 놀라움을 금치 못했다. "나를 알아보겠소?" 나는 그에게 물었다. "한때 제법 가까웠었을 텐데." "그럴지도 모르죠." 그는 침울하게 대답했다. "그렇지만 길이 워낙 넓어서. 여기 들르는 여행자가 어디 한둘이어야지요." "두냐는 잘 있소?" 나는 계속 물었다. 노인은 얼굴을 찌푸렸다. "알 게 뭡니까." 그가 대답했다. "분명 결혼을 한 게로군?" 내가 말했다. 노인은 내 질문을 못 들은 척하며 내 역마권을 계속 중얼중얼 읽기만 했다. 나는 질문을 집어치우고 차 준비를 해 달라고 청했다. 호기심이 나를 괴롭히기 시작했고 나는 펀치술이 내 옛친구의 혀를 풀어 주기만을 바랐다.

내 예상은 적중했다. 노인은 내가 권하는 술잔을 거절하지 않았다. 나는 럼주 덕에 그의 침울했던 심경이 밝아졌다는 것을 알아챘다. 두 잔째에 그는 말이 많아지기 시작했다. 나를 기억한 건지 아니면 기억한 척한 건지 모르지만 하여간 나는 그에게서 당시 내 마음을 사로잡고 나를 깊이 감동시킨 이야기를 들을 수 있었다.

"그러니까 나리께선 우리 두냐를 알고 계셨다고요?" 그가 말을 시작했다. "그 애를 모르는 사람이 어디 있었겠어요? 아, 두냐, 두냐! 정말 둘도 없는 애였지! 여기 들르는 사람은 누구건 그 아이를 칭찬했다우. 욕하는 사람은 아무도 없었지요. 마님들은 그 아이에게 손수건이며 귀걸이 같은 걸 선물로 주었다우. 신사양반들은 점심이나 저녁을 먹는다며 일부러 여기 들렀지만 사실은 그 아이를 좀더 오래 바라볼 요량으로 그랬지요. 아무리 화가 난 나리라도 그 애만 있으면 화를 누그러뜨리고 저한테도 친절하게 말씀을 하신답니다. 믿어 주십시오, 나리. 전령이나 파발꾼들도 그 애와 반 시간씩 얘기를 하곤 했지요. 그 애는 살림도 도맡아 했습니다. 청소를 하건 음식을 만들건 뭐든지 잘했습니다.그래서 저는, 이 늙은 바보는 그 애만 바라보며 기뻐 어쩔 줄을 몰랐지요. 제가 두냐를 사랑하지 않았겠어요? 제 딸년을 귀여워하지 않았겠어요? 그래 그 애가 사는 게 고달펐을까요? 아니지요. 재난은 피할 도리가 없었던 겁니다. 타고난 팔자는 어쩔 수가 없는 거지요." 이 대목에서 그는 자신의 슬픔을 상세하게 얘기하기 시작했다. 3년 전 어느 겨울날 저녁, 역참지기는 새 장부에 줄을 치고 있고 딸은 칸막이 저쪽에서 자기 옷을 만들고 있었는데 삼두마차가 도착하더니 체르카즈 모자에 군복 외투를 입고 목도리로 얼굴을 감싼 여행자가 말을 달라며 들어왔다. 말은 모두 빌려주고 없었다. 여행자는 언성을 높이며 채찍을 들어올렸다. 그러나 그런 상황에 익숙해 있던 두냐가 칸막이 뒤에서 뛰어나와 여행자에게 달콤한 목소리로 요기라도 좀 하지 않겠느냐고 물었다. 두냐의 등장은 언제나와 같은 효과를 발하였다. 여행자의 분노는 가라앉았다. 그는 말을 기다리겠다고 말하고 저녁을 주문했다. 젖은 털모자를 벗고 목도리를 풀고 외투를 벗은 여행자는 검은 콧수염을 기른 젊고 늘씬한 경기병이었다. 그는 역참지기 옆에 편안히 앉아서 유쾌하게 부녀와 얘기를 나누기 시작했다. 식사가 나왔다. 그러는 사이에 말들이 도착했고 역참지기는 말들에게 먹이를 주지 말고 즉시 여행자의 마차에 매어 놓으라고 지시했다. 그러나 그가 돌아와 보니 청년은 거의 인사불성이 되어 긴 의자에 누워 있었다. 그는 어질어질하고 두통이 심해서 출발할 수가 없었다… 그러니 어쩌랴! 역참지기는 그에게 자기 침대를 내주었고 다음 날까지 병세가 호전되지 않으면 S***현으로 사람을 보내 의사를 불러오기로 했다.

다음 날 경기병의 상태는 더욱 나빠졌다. 그의 시종은 의사를 부르러 읍내로 갔다. 두냐는 식초에 적신 수건으로 그의 이마를 동여매 주었고 바느질감을 가지고 그의 침대 곁에 앉았다. 환자는 역참지기가 곁에 있으면 신음소리를 내며 거의 한마디 말도 하지 않았지만 커피를 두 잔이나 마시고 죽어 가는 소리로 식사를 주문하기도 했다. 두냐는 그의 곁을 떠나지 않았다. 그는 수시로 목이 마르다고 했고 그때마다 두냐는 자기가 직접 만든 레몬수를 가져다주었다. 환자는 입술을 축이고는 잔을 돌려줄 때마다 감사의 표시로 힘없는 손을 들어 두냐의 손을 꼭 잡았다. 점심 때쯤해서 의사가 도착했다. 그는 환자의 맥을 짚어 본 다음 그와 독일어로 말을 주고받더니 환자에게 필요한 것은 안정뿐이며 이틀 후면 출발할 수 있게 될 거라고 러시아어로 말했다. 경기병은 그에게 왕진료로 25루블을 지급한 다음 식사에 초대했다. 의사는 동의했다. 두 사람은 왕성한 식욕으로 식사를 하고 포도주 한 병을 거뜬히 비운 다음 서로에게 매우 만족해하면서 헤어졌다.

하루가 더 지나고 경기병은 완전히 기력을 회복했다. 그는 지나치게 명랑했고 쉴새없이 두냐와, 역참지기와 농담을 했다. 휘파람으로 노래를 부르기도 하고 다른 여행자들과 수다를 떨기도 하고 그들의 역마권을 장부에 기입하기도 했다. 선량한 역참지기는 그가 너무나 맘에 들어 사흘째 되는 날 아침 이 상냥한 숙박인과 헤어지게 되자 섭섭한 마음을 금할 길이 없었다. 그날은 일요일이었다. 두냐는 미사에 갈 차비를 했다. 경기병의 마차가 준비되었다. 그는 역참지기에게 식대와 숙박료를 후하게 지급하고 작별 인사를 했다. 그는 두냐와도 작별 인사를 하면서 마을 끝에 있는 성당까지 데려다 주겠노라고 나섰다. 두냐는 머뭇거렸다… "무얼 겁을 내느냐?" 아버지가 그녀에게 말했다. "나리께선 늑대가 아니신데 널 잡아먹겠느냐. 교회까지 타고 가려무나." 두냐는 경기병과 나란히 마차에 탔고 시종은 마부석에 뛰어 올랐다. 마부가 휘파람을 불자 말들은 달리기 시작했다.

불쌍한 역참지기는 자기가 어쩌다가 두냐에게 경기병과 함께 타고 가는 걸 허락했는지, 어떻게 그렇게 눈이 멀 수 있었는지, 어쩌자고 정신을 놓고 있었는지 도무지 이해할 수가 없었다. 반 시간도 못 되어 그는 심장이 쿡쿡 쑤시기 시작했다. 그는 너무나 불안한 나머지 더 이상 참지 못하고 직접 미사에 갔다. 그가 성당에 다가갔을 때는 벌써 사람들이 흩어지고 있었다. 그러나 마당에도 입구에도 두냐의 모습은 보이지 않았다. 그는 급히 성당 안으로 들어갔다. 사제는 제단 뒤편에서 나오는 참이었고 불목하니는 촛불을 끄고 있었다. 두 명의 노파가 아직도 구석에서 기도를 드리고 있었다. 그러나 두냐는 성당 안에 없었다. 불쌍한 아버지는 가까스로 용기를 내어 불목하니에게 두냐가 미사에 왔었느냐고 물어보았다. 불목하니는 안 왔었다고 대답했다. 역참지기는 초주검이 되어 집으로 돌아갔다.

한 가지 희망은 남아 있었다. 아직 어린 두냐는 마음이 들떠서 어쩌면 대모가 살고 있는 다음 역참까지 마차를 타고 갈 생각을 했는지도 모른다. 그는 미칠 듯이 초조해하며 딸을 태워 보낸 삼두마차가 돌아오기를 기다렸다. 마부는 좀처럼 돌아오지 않았다. 이윽고 저녁 무렵이 되어서야 그는 거나하게 취해 혼자 돌아와서는 청천벽력 같은 소식을 전해 주었다. "두냐는 그 경기병과 함께 다음 역참에서 멀리 가버렸다"는 것이다.

노인은 자신의 불행을 이겨내지 못했다. 그는 당장에 지난밤 젊은 협잡꾼이 잤던 바로 그 침대에 몸져누웠다. 이제 역참지기는 모든 상황에 미루어 녀석의 병이 꾀병이었음을 짐작할 수 있었다. 불상한 노인은 심한 열병에 걸렸다. 그는 S***현으로 실려 갔고 그의 자리는 당분간 다른 사람이 맡게 되었다. 경기병에게 왔던 바로 그 의사가 그를 치료했다. 그는 역참지기에게 청년은 건강에 전혀 이상이 없었으며 자기는 그의 몹쓸 계획을 꿰뚫어 보았지만 채찍이 무서워 잠자코 있었다고 단언했다. 이 독일인이 진실을 말한 것인지, 아니면 그저 자기의 선견지명을 자랑하고 싶었던 건지는 알 수 없지만 어쨌든 그의 말은 가엾은 환자에게 아무런 위로도 안 되었다. 역참지기는 건강을 회복하자 마자 S***현 우체국장에게 두 달간의 휴가를 요청했다. 그리고 아무에게도 자신의 계획에 대해 일언반구도 하지 않고서 딸을 찾아 도보로 길을 떠났다. 그는 역마권을 보고 기병대위 민스키가 스몰렌스크에서 페테르부르크로 가던 중이라는 사실을 알아냈다. 그를 태워다 주었던 마부는 두냐가 비록 자의로 따라가는 것처럼 보이긴 했지만 가면서 내내 울고 있었다고 말해 주었다. "어쩌면 내 길 잃은 어린 양을 집으로 데려오게 될지도 몰라" 하고 역참지기는 생각했다. 이런 생각을 하며 페테르부르크에 도착한 그는 이즈마일로프 연대 막사에 있는 옛 동료인 퇴역 하사관의 집에 여장을 풀고 딸을 찾기 시작했다. 얼마 안 되어 그는 기병대위 민스키는 페테르부르크에 있으며 데무토프 여관에 묵고 있다는 사실을 알아냈다. 역참지기는 그를 찾아가기로 결심했다.

이른 아침 그는 민스키의 숙소 응접실에 가서 노병이 나리를 뵙고자 한다고 전해 달라고 청했다. 사병은 나무틀에 끼운 장화를 닦으면서 나리는 아직 주무시고 계시며 11시 이전에는 아무도 만나지 않으신다고 말했다. 역참지기는 자리를 떠났다가 그 시간에 되돌아왔다. 민스키는 실내복에 빨간 모자를 쓰고 직접 그 앞에 나타났다. "용건이 뭔가?" 민스키가 그에게 물었다. 노인은 설움이 북받쳐 눈물을 쏟으며 떨리는 음성으로 간신히 이렇게 말했다. "나리!… 제발 자비를 베풀어 주십시오!…" 민스키는 그를 힐끗 보더니 얼굴을 확 붉혔다. 그러고는 그의 손을 잡고 자기 서재로 데려가 문을 잠갔다. "나리!" 노인은 말을 이었다. "수레에서 떨어진 건 영원히 찾을 길 없다지요. 그렇지만 제 불쌍한 두냐만은 돌려주십시오. 나리께선 그 아이와 좋은 시간을 보내셨겠지요. 그러니 공연히 그 아이를 망치지 말아 주세요." "이미 엎질러진 물일세." 청년은 몹시 당혹스러워 하며 말했다. "자네한테 죄를 지었네. 그래서 내 기꺼이 용서를 비네. 그러나 내가 두냐를 버릴 거라곤 생각지 말게. 맹세하지만 두냐는 행복할 걸세. 자네한테 두냐가 왜 필요한가? 두냐는 나를 사랑하고 있네. 그리고 벌써 새 삶에 익숙해졌네. 자네도 두냐도 일어난 일은 잊지 못할 걸세." 그러더니 역참지기의 소맷부리에 무언가를 쑤셔 넣고는 문을 열었다. 역참지기는 어떻게 나왔는지도 모르게 거리로 나왔다.

그는 한참을 꼼짝도 않고 서 있다가 마침내 소맷부리 접은 곳에 종이 뭉치가 있는 것을 발견했다. 종이 뭉치를 꺼내 펴 보았더니 구겨진 5루블짜리 지폐와 10루블짜리 지폐 몇 장이었다. 또다시 그의 눈에서 눈물이 솟구쳤다, 분노의 눈물이! 그는 지폐를 꽁꽁 뭉쳐 땅바닥에 내동댕이치고는 구둣발로 짓뭉개고 걸음을 옮겼다… 몇 발자국 가다 말고 멈추어 서서 잠시 생각해 보다가… 되돌아갔지만 이미 지폐는 보이지 않았다. 잘 차려입은 청년이 그를 보고는 마차로 달려가 서둘러 올라타고는 "가자!…" 하고 소리쳤다. 역참지기는 그의 뒤를 쫓지 않았다. 그는 역참의 자기 집으로 돌아가기로 결심했다. 그러나 그전에 한 번만이라도 저 불쌍한 두냐를 보고 싶었다. 그래서 이틀 후 다시 민스키의 숙소에 갔다. 그러나 사병은 나리께선 아무도 안 만나신다고 무뚝뚝하게 말하고는 가슴으로 그를 응접실 밖으로 밀어내고 그의 코앞에서 문을 쾅 닫았다. 역참지기는 한참을 그대로 서 있다가 발길을 돌렸다.

바로 그날 저녁 그는 "슬픔의 성모" 성당에서 기도를 드린 후 리체이나야 거리를 방황하고 있었다. 그런데 갑자기 멋진 사륜마차가 쏜살같이 그의 앞을 지나갔다. 역참지기는 거기 탄 민스키를 알아보았다. 사륜마차가 삼층집 현관 바로 앞에 서자 기병대위가 내리더니 집 안으로 뛰어 들어갔다. 역참지기의 머릿속에 그럴싸한 생각이 떠올랐다. 그는 발길을 돌려 마부에게 다가갔다. "여보게 이게 어느 댁 말인가?" 그가 물었다. "혹시 민스키 님 말 아닌가?" "맞소." 마부가 대답했다. "그런데 그건 왜 묻소?" "다름이 아니라 자네 나리께서 날더러 두냐란 여자에게 쪽지를 전해 주라고 하셨는데 그 두냐란 여자가 어디 사는지 잊어버렸다네." "바로 여기, 이층에 살고 있소만, 쪽지는 이미 늦었소. 나리께선 벌써 그 여자한테 가 계시니까." "상관없네." 역참지기는 형언할 수 없는 심장의 박동을 느끼며 말을 가로막았다. "알려 주어 고맙네. 어쨌든 심부름은 해야겠네." 이 말과 함께 그는 계단을 올라갔다.

문은 잠겨 있었다. 그는 벨을 눌렀다. 초조한 기다림 속에서 몇 초가 지나갔다. 열쇠가 절거덕거리더니 문이 열렸다. "아브도치야 삼소노브나가 여기 사시나요?" 그가 물었다. "여기 사는데요." 나이 어린 하녀가 대답했다. "그런데 무슨 일이세요?" 역참지기는 아무런 대답도 하지 않고 홀 안으로 불쑥 들어갔다. "들어가시면 안 돼요!" 그의 등 뒤에서 하녀가 소리쳤다. "아브도치야 삼소노브나님한테는 손님이 있단 말이에요." 그러나 역참지기는 들은 척도 않고 계속 안으로 들어갔다. 첫 번째 방과 두 번째 방은 어두웠지만 세 번째 방에는 불이 환히 밝혀져 있었다. 그는 활짝 열린 문 앞으로 다가가 우뚝 멈춰 섰다. 화려하게 장식된 방에는 민스키가 깊은 생각에 잠겨 앉아 있었다. 두냐는 유행하는 온갖 사치품을 휘감고 민스키가 앉은 안락의자 팔걸이에 마치 영국식 안장에 올라탄 여자 기수처럼 걸터 앉아 있었다. 그녀는 다정하게 민스키를 바라보며 반짝반짝 빛나는 손가락으로 민스키의 검은 고수머리를 말고 있었다. 불쌍한 역참지기! 그에게 자기 딸이 이토록 아름답게 보인 적은 한 번도 없었다! 그는 자기도 모르게 입을 헤 벌린 채 딸의 미모를 바라보았다. "누가 오셨나?" 그녀는 고개를 숙인 채 물었다. 그는 잠자코 있었다. 대답이 없자 두냐는 고개를 들었다… 그리고 비명을 지르며 양탄자 위로 쓰러졌다. 놀란 민스키는 그녀를 일으키려고 몸을 날렸다. 그러나 갑자기 문가에 선 늙은 역참지기가 눈에 들어오자 그는 두냐를 그대로 두고 분노로 벌벌 떨며 그에게 다가갔다. "대체 무슨 용건인가?" 그는 이를 부드득 갈며 노인에게 말했다. "무엇 때문에 도둑처럼 내 뒤를 몰래 따라다니는 거냐고? 나를 베어 버릴 텐가? 어서 썩 꺼져!" 그는 억센 손으로 노인의 멱살을 잡고는 계단으로 밀어 버렸다.

노인은 자기 숙소로 돌아갔다. 그의 친구는 그에게 고소를 해 보는 게 어떻겠느냐고 권했다. 그러나 역참지기는 잠시 생각한 뒤 손을 내젓고는 그냥 물러서기로 작정했다. 이틀 뒤 그는 페테르부르크를 떠나 이전의 역참으로 되돌아 왔고 다시 근무를 시작했다. "벌써 3년짼니다." 그는 이야기를 마무리 지으며 말했다. "두냐 없이, 그 애 소식도 전혀 모르고서 사는 게 말입니다. 살아 있는지 죽었는지 알게 뭡니까. 별의별 일이 다 일어나는 세상이니까요. 오가는 건달의 꾐에 빠져 한동안 붙어 다니다가 버림받는 게 두냐가 처음도 아니고 마지막도 아닐 테죠. 페테르부르크에는 그런 멍청한 젊은년들이 득실거리지요. 오늘은 공단이며 비로드며 걸치고 다니지만, 아시다시피 내일이면 술 취한 거렁뱅이들과 거리를 싸다니지요. 때때로 두냐도 그런 지경이 되었을지도 모른다는 생각이 들 때면 저도 모르게, 차라리 그 아이가 죽었으면 하고 바라게 된답니다. 천벌을 받을 일이지요…."

이상이 나의 벗, 늙은 역참지기의 이야기였다. 그는 눈물이 흘러 수시로 이야기를 중단해야 했는데 그가 소맷자락으로 눈물을 닦는 모습은 너무도 그림 같아 드미트리예프의 아름다운 발라드에 나오는 열정적인 테렌티치를 연상시켰다. 이 눈물의 일부는 이야기하는 동안 그가 다섯 잔이나 마신 펀치술이 자아낸 것이었다. 그러나 어찌 되었건 그의 눈물은 나를 깊이 감동시켰다. 그와 헤어진 뒤에도 나는 오랫동안 늙은 역참지기를 잊지 못했다, 불쌍한 두냐가 오랫동안 뇌리에서 떠나지 않았다…

얼마 전에 또다시 *** 마을을 지나면서 나는 나의 친구를 기억했다. 나는 그가 관리하던 역참이 이미 없어졌다는 걸 알게 되었다. "옛날의 그 역참지기가 아직 살아 있느냐?"는 나의 질문에 아무도 만족할 만한 답을 주지 못했다. 나는 그곳을 직접 방문해 보기로 작정하고는 사용마를 빌려 타고 N 마을로 향했다.

때는 가을이었다. 회색 구름이 하늘을 뒤덮고 있었다. 차가운 바람이 가을걷이가 끝난 밭에서 불어왔고 길목의 나무들에서 붉은 잎새, 노랑 잎새들이 우수수 떨어졌다. 나는 땅거미가 질 무렵 마을에 도착해서 역참 관사 앞에 발길을 멈추었다. 현관(언젠가 가엾은 두냐가 나에게 키스해 주었던)에서 뚱뚱한 아낙네가 나오더니 내가 묻는 말에 늙은 역참지기가 죽은 지 1년이 되었고 그의 집에는 양조업자가 들어왔으며 자기는 양조업자의 부인이라고 대답했다. 나는 이 무익한 방문과 쓸데없이 들인 7루블이 아까워지기 시작했다. "어떡하다 죽었습니까?" 나는 양조업자의 부인에게 물었다. "술을 하도 마셔서 그렇게 되었지요, 나리." 그녀가 대답했다. "그래 어디다 묻었습니까?" "저쪽 마을 어귀에, 죽은 마누라 곁에 묻혔지요." "그 영감의 무덤까지 데려다 줄 수 없겠습니까?" "왜 없겠어요. 얘, 반카야! 고양이하고 그만 놀고 나리를 묘지까지 모셔다 드려라. 가서 역참지기의 무덤을 가리쳐 드려."

이 말이 떨어지자 누더기를 걸친 붉은 머리의 애꾸눈 소년이 뛰어나와 즉시 나를 동네 어귀로 안내했다.

"돌아가신 할아버지를 잘 알았니?" 나는 가는 길에 소년에게 물었다.

"알다마다요! 저한테 피리 만드는 법을 가르쳐 주셨어요. 술집에서 나오시면(천국에 가시기를!) 저희는 뒤를 졸졸 쫓아가며 '할아버지, 할아버지! 호두 좀 주세요!' 하고 졸라 댔어요. 그러면 저희들에게 호두를 나누어 주셨어요. 언제나 저희들과 놀아 주셨어요."

"여행자들이 할아버지를 기억하더냐?"

"요즘엔 여행자들이 별로 없어요. 어쩌다 사정관이 들를 때도 있지만 죽은 사람 같은 것은 안중에도 없어요. 참, 올여름에 어떤 마님이 찾아 오셔서는 역참지기 할아버지에 관해 물으셨어요. 그리고 무덤까지 가셨더랬어요."

"어떤 마님이셨지?" 나는 호기심을 느끼며 물었다.

"아주 예쁜 마님이었어요." 소년은 대답했다. "말 여섯 필이 끄는 마차를 타고 오셨어요. 쬐끄만 사내아이 셋하고 유모하고 검정 발바리도 같이 왔어요. 역참지기 할아버지가 돌아가셨다는 말을 들으시고는 울음을 터트리셨어요. 그리고 애들한테 '얌전히 앉아 있어라, 묘지에 다녀올 테니까' 하고 말씀하셨어요. 제가 길을 안내해 드리겠다고 그러니까 마님께서는 '나도 길을 안다'고 말씀하셨어요. 그리고 저한테 5코페이카 은전을 주셨어요. 참 좋은 마님이셨어요!…"

우리는 묘지에 도착했다. 그곳은 울타리도 없고 햇빛을 가려 줄 나무 한 그루 없는, 나무 십자가만 여기저기 박혀 있는 황량한 곳이었다. 나는 태어나서 이토록 청승맞은 묘지는 본 적이 없었다.

"여기가 역참지기 할아버지의 무덤이에요." 소년은 모래 언덕 위로 올라서더니 말했다. 모래 언덕에는 청동 성상이 붙은 검은 십자가가 꽂혀 있었다.

"그 마님도 여기까지 왔었니?" 내가 물었다.

"네, 오셨어요." 반카가 대답했다. 저는 멀찌감치서 보고 있었어요. 마님은 여기 엎드리시더니 한동안 그러고 계셨어요. 그러고는 마을로 가셔서 신부님을 부르시더니 돈을 주고 떠나셨어요. 저에게는 5코페이카 은전을 주시고요. 정말 좋은 마님이셨어요!“

나도 소년에게 5코페이카를 주었다. 이 방문에 대해서도, 그리고 그것 때문에 써 버린 7루블에 대해서도 더 이상 아까운 마음은 없었다.

귀족 아가씨 — 시골 처녀

두셴카, 그대는 무엇을 입어도 아름답구나.
— 보그다노비치

멀리 떨어진 우리 현들 중의 하나에 이반 페트로비치 베레스토프의 영지가 있었다. 그는 한창 시절에 근위대에서 복무하고 1797년 초엽에 퇴역한 뒤 자기 시골로 내려가 버렸고 그때 이후 그곳에서 꿈쩍도 하지 않았다. 그는 가난한 귀족의 딸과 결혼했는데 아내는 하필이면 그가 멀리 떨어진 사냥터에 나가 있을 때 해산을 하다가 죽고 말았다. 영지 경영은 곧 그의 슬픔을 가시게 해 주었다. 그는 직접 설계한 집을 지었고 영지 내에 나사羅紗 공장을 세웠고 수입을 세 배로 불려 놓았다. 그리하여 인근 지역에서 가장 영리한 사나이로 자부하였는데 이 점에 관해서는 가족, 혹은

개를 데리고 그를 방문하는 이웃들도 아무런 반박을 하지 않았다. 평일이면 그는 비로드 재킷을 입고 다녔고 명절 때는 가내공장산 나사로 지은 프록코트를 입었다. 그는 직접 지출 장부를 작성했고 〈원로원 통보〉 외에는 아무것도 읽지 않았다. 비록 그는 오만하다는 인상을 주었지만 대체로 사람들은 그를 좋아했다. 그와 사이가 안 좋은 사람은 가장 가까운 이웃인 그리고리 이바노비치 무롬스키 한 사람뿐이었다. 그는 진짜배기 러시아 지주였다. 모스크바에서 재산의 대부분을 탕진해 버리고 마침 상처까지 한 그는 마지막 남은 시골 영지로 내려갔다. 거기서도 그는 탕진을 계속했는데 이번에는 종목이 바뀌었을 뿐이다. 그는 영국식 정원을 꾸미는 데 남은 재산의 거의 전부를 쏟아 부었다. 그는 마부들에게 영국 경마 기수의 옷을 입혔고 딸에게는 영국인 마담을 가정교사로 붙여 주었으며 밭도 영국식으로 갈았다.

그러나 러시아 곡물은 외국식으로 여물지 않는 법이므로,

지출의 현저한 감소에도 불구하고 그리고리 이바노비치의 수입은 늘어나지 않았다. 그는 심지어 이런 벽촌에서조차 빚을 늘려 가는 방법을 발견했던 것이다. 이 모든 점에도 불구하고 그는 바보로 간주되지 않았는데 그것은 그가 자기 현의 지주들 중에서 제일 먼저 후견회에 영지를 저당잡히는 것을 생각해 냈기 때문이었다. 당시 그것은 엄청나게 복잡하고 담대한 자금 유통 방법으로 간주되었다. 그를 비난하는 사람들 중에서 가장 엄격했던 것은 베레스토프였다. 신풍조에 대한 증오는 그의 성격 중 가장 특기할 만한 점이었다. 그는 이웃에 사는 영국광에 관해 무심하게 얘기할 수가 없었고 호시탐탐 그를 비난할 구실만 찾고 있었다. 손님에게 영지를 구경시켜 주다가 손님이 그의 영지 관리를 칭찬하면 그는 이렇게 대꾸했다. "그러믄요!" 그는 교활한 미소를 띠며 말했다. "이웃집 그리고리 이바노비치네와는 전혀 다르죠. 우리가 왜 영국식으로 망해야 합니까! 러시아식으로도 배만 부른데." 이와 유사한 비아냥은 이웃사람들의 노력 덕분에 여러 가지로 윤색되고 과장된 채 그리고리 이바노비치의 귀에까지 전해졌다. 영국광은 우리의 저널리스트들 못지않게 비평에 대해 참을성이 없었다. 그는 미친 듯이 화를 내며 자기의 혹평가를 미련 곰퉁이니 촌놈이니 하고 불렀다.

두 지주의 관계가 그런 식으로 유지되고 있는 와중에 베레스토프의 아들이 시골집으로 아버지를 찾아왔다. 그는 *** 대학에서 수학했으며 군에 입대할 생각을 갖고 있었다. 그러나 아버지는 거기 찬성하지 않았다. 청년은 문관 근무가 자기한테는 전혀 안 맞는다고 생각했다. 아버지와 아들은 조금도 양보하지 않았고 알렉세이 청년은 만일에 대비해 콧수염을 기르면서 당분간 지주로 살아가게 되었다.

알렉세이는 정말이지 훌륭한 청년이었다. 만약 그의 날씬한 몸에 군복을 걸칠 일이 없어, 말을 타고 우쭐대는 대신, 관청 서류 더미에 코를 처박고서 청춘을 보내게 된다면 정말 유감일 터였다. 그가 사냥터에서 물불을 가리지 않고 앞장서 달리는 것을 본 이웃들은 입을 모아 저러니 능력 있는 과장이 되긴 글렀다고 말했다. 지주댁 처녀들이 그를 훔쳐보거나 아예 넋을 잃고 바라보곤 했지만 그는 그녀들에게 별반 관심이 없었다. 아가씨들은 그의 무심함의 원인이 다른 여자와의 관계 때문이라고 추측했다. 실제로 그의 편지 겉봉에 씌어진 어느 주소의 사본이 손에서 손으로 돌려지고 있었다. "아쿨리나 페트로브나 쿠로츠키나 앞. 모스크바 알렉세이 수도원 맞은편 동장 사벨레프의 집. 이 편지를 A. N. R에게 꼭 전해 주시길 부탁 드리며."

나의 독자 여러분 중 시골에서 살아 본 적이 없는 분들은 이 두메산골 처녀들이 얼마나 매력적인지 상상할 수 없을 것이다! 정원의 사과나무 그늘 아래서 맑은 공기를 호흡하며 성장한 이 여성들은 인생과 세상사에 관한 지식을 독서로부터 얻는다. 고독과 자유와 독서는 주의가 산만한 도시의 미녀들로서는 알 도리가 없는 감정과 열정을 일찍부터 그녀들 내부에서 자라나게 한다. 지주댁 아가씨에겐 방울 소리도 일종의 모험이고 가까운 도시까지의 여행은 일생일대의 대사건이며 손님의 방문은 오랫동안, 때로는 영원히 잊히지 않는 추억을 남겨 놓는다. 물론 그녀들의 몇 가지 이상한 성향을 비웃을 수는 있다. 그러나 피상적인 관찰자의 농담이 그녀들의 본질적인 가치를 파괴할 수는 없다. 그 가치 중 가장 중요한 것은 "성격의 특수성", 즉 "독창성"인데 장폴의 견해에 따르면 그것 없이 인간의 위대성은 존재할 수 없다고 한다. 대도시에서 여성들은 어쩌면 더 나은 교육을 받을지도 모른다. 그러나 사교계의 관례는 곧 개인의 성격을 밋밋하게 다듬어 그들의 영혼을 모자처럼 똑같이 만들어 버린다. 이것은 꼭 무슨 시비를 가리거나 흠을 잡으려고 하는 말이 아니다. 그러나 어느 옛 논평가가 말했듯이 "우리의 논평은 여전히 유효하다"이다.

알렉세이가 우리 아가씨들에게 어떤 인상을 줄 수밖에 없었는지를 상상하기란 어렵지 않을 것이다. 그는 그녀들이 난생처음 만난 환멸과 우수의 인간이었고, 그녀들에게 잃어버린 기쁨과 시들어 버린 청춘에 관해 이야기해 준 최초의 사나이였다. 무엇보다도 그는 해골 문양이 새겨진 검은 반지를 끼고 다녔다. 이 모든 것이 이 현에서는 지극히 새로운 것이었다. 지주댁 아가씨들은 그에게 정신을 잃었다.

그러나 그 누구보다도 그에게 정신이 팔린 사람은 우리 영국광의 딸 리자(혹은 그리고리 이바노비치가 보통 때 부르는 이름으로 베시)였다. 그들의 부친들은 서로 왕래

가 없었고 따라서 이웃의 모든 젊은 처녀들이 오로지 그의 이야기만을 하는 동안에도 그녀는 알렉세이를 아직 만나 보지 못했다. 리자는 열일곱 살이었다. 검은 눈동자는 그녀의 까무잡잡하고 매우 유쾌한 얼굴에 생기를 돌게 했다. 그녀는 외동딸이었고 따라서 버릇없는 아이로 자라났다. 그녀의 발랄함과 수시로 벌이는 장난은 아버지를 즐겁게 해 주었고 그녀의 가정교사 마담 잭슨을 절망으로 몰아넣었다. 마담 잭슨은 형식을 존중하는 마흔 먹은 노처녀로 얼굴에는 하얗게 분칠을 하고 눈썹은 까만 물을 들이고 다녔으며 1년에 두 번씩 〈파밀라〉를 읽어 주고 그 대가로 2천 루블을 받았으며 "이 야만적인 러시아에서" 지겨워 죽을 지경이었다.

리자의 시중은 나스탸가 들어주었다. 그녀는 리자보다 나이가 많았으나 장난스럽기는 아가씨와 마찬가지였다. 리자는 그녀를 몹시 좋아했고 그녀에게 자신의 모든 비밀을 털어놓았으며 그녀와 함께 음모를 꾸미곤 했다. 한마디로 말해서 나스탸는 프릴루치나 마을에서 프랑스 비극에 나오는 그 어떤 조연보다도 훨씬 중요한 인물이었던 것이다.

"아가씨, 오늘 어디 좀 다녀왔으면 싶은데요." 어느 날 나스탸가 아가씨의 옷을 입혀 주며 말했다.

"그러렴. 그런데 어딜?"

"투길로보예요. 베레스토프 님 댁이요. 그 댁 요리사 부인이 자기 영명축일이라며 어제 와서 우리를 점심에 초대했지 뭐예요."

"저런!" 리자가 말했다. "주인들은 싸우고 있는 마당에 하인들은 끼리끼리 먹고 노는구나."

"주인님들 일이야 저희한테 무슨 아랑곳이겠어요!" 나스탸가 반박했다. "게다가 저는 아가씨의 몸종이지 아버님의 몸종은 아니잖아요. 아가씨는 아직 젊은 베레스토프 도련님과 싸우지도 않으셨고요. 정 싸우고 싶으면 노인네들끼리 싸우라고 하지요, 뭐."

"그러면 나스탸야, 알렉세이 베레스토프 씨를 보고 와서 나한테 자세히 얘기 좀 해 다오. 어떻게 생겼는지, 어떤 사람인지 말이야."

나스탸는 그러마고 약속을 했고 리자는 하루 종일 나스

탸가 돌아오기만 눈이 빠지게 기다렸다. 마침내 저녁때 나스탸가 돌아왔다. "리자베타 그리고리예브나," 그녀는 방 안에 들어서면서 말했다. "베레스토프 도련님을 뵈었어요. 충분히 살펴볼 수 있었어요. 하루 종일 같이 있었거든요."

"아니 어떻게? 빨리 차근차근 얘기 좀 해 봐."

"그럴게요. 저희는 그 댁에 갔어요. 그러니까, 저와 아니시야 예고로브나와 네닐라와 둔카와…."

"됐어, 그건 알고 있어. 그래서?"

"죄송해요, 모조리 차근차근 말씀 드릴게요. 그래서 저희는 식사 시간에 맞추어 도착했어요. 방 안에는 사람들이 가득 찼어요. 콜비노 사람들이랑, 자하례보 사람들이랑, 딸들을 데리고 온 관리인 부인이랑, 또 흘루피노 사람들이랑…."

"알았다고! 그럼 베레스토프 씨는?"

"잠깐만 기다리세요. 저희는 식탁에 둘러앉았어요. 관리인 부인이 상석에 앉고 저는 그 부인 옆자리에… 그래서 딸들은 삐쳤지만 저는 왼 눈 하나 깜짝하지 않았어요…."

"아, 나스탸, 언제까지 그런 얘기만 늘어놓을 셈이니!"

"아가씨도 참 성미도 급하셔라! 우리는 식탁에서 물러났어요⋯ 한 세 시간가량 앉아 있었나 봐요. 식사는 정말 근사했어요. 디저트 과자는 블랑망제 젤리였는데요, 파란 것, 빨간 것, 줄무늬 진 것⋯ 하여튼 저희는 식탁에서 물러나 정원으로 나갔어요. 술래잡기를 하려고요. 그런데 젊은 도련님이 거기 나타나셨다고요."

"어머나, 그래서? 정말로 그렇게 잘생기셨디?"

"말도 못하게 잘생기셨어요. 진짜 미남이시더라고요. 당당한 체격에 키는 훤칠하시고 두 뺨엔 화색이 돌고⋯."

"그래? 난 안색이 창백한 줄 알았는데. 그래서? 성격은 어때 보이던? 우울하고 슬퍼 보이던?"

"무슨 그런 말씀을요? 저는 태어나서 그렇게 미친 듯이 즐거운 분은 처음 보았어요. 저희와 같이 술래잡기할 생각까지 하시더라고요."

"너희들이랑 술래잡기를 해? 말도 안 돼!"

"말이 된다니까요! 게다가 또 무슨 생각을 하신 줄 아세요! 잡히는 사람은 키스하기로 정하셨다고요!"

"순 엉터리, 나스탸, 너 거짓말하는구나."

"아가씨가 엉터리시지요. 저는 거짓말 못해요. 저는 간신히 도련님한테서 도망쳐 다녔다고요. 도련님은 그렇게 하루 종일 저희와 어울려 노셨어요."

"그런데 내가 듣기로는 그이는 사랑하는 여자가 따로 있어서 아무도 거들떠보지 않는다던데?"

"그건 잘 모르겠어요. 허지만 절 좀 지나치다 싶게 쳐다보셨어요. 관리인네 딸 타냐도요. 그리고 콜비노에서 온 파샤도요. 그리고 죄송한 말씀이지만 저희 모두한테 정말 친절하셨어요. 보통 장난꾸러기가 아니셨어요!"

"정말 놀랍구나! 그런데 집 안에서 들은 그이에 관해 뭐라고들 하디?"

"멋쟁이 도련님이라고들 해요. 무척 착하시고 명랑한 분이라고요. 한 가지 흠이 있다면 아가씨들 꽁무니 쫓아다니는 걸 너무 밝힌다나요. 하지만 제 생각엔 큰 흉은 아니에요. 나이가 드시면 점잖아지시겠죠, 뭐."

"그이를 꼭 한 번 보았으면 좋겠어!" 리자는 한숨을 쉬며 말했다.

"그게 뭐 어렵다고 그러세요? 투길로보가 뭐 그리 먼 곳이라고요. 3베르스타밖에 안 되는데요. 그쪽으로 산보를 나가시든가 아니면 말을 타고 가 보세요. 그분과 반드시 만나게 되실 거예요. 매일 아침 일찌감치 총을 가지고 사냥길에 오르시니까요."

"아냐, 그건 좋은 생각이 아니야. 내가 자기를 쫓아다닌다고 생각할 거야. 게다가 아버지들끼리 허구한 날 싸움질만 하는 마당이니 그이와 통성명을 해선 안 될 거라고… 아, 나스탸! 이렇게 하면 어떨까? 내가 농사꾼 처녀로 변장하는 거야!"

"그거 좋죠. 두툼한 루바슈카와 사라판을 입으시고 투길로보로 당당하게 걸어가시는 거예요. 장담하지만 베레스토프 도련님은 아가씨를 절대로 놓치지 않으실 거예요."

"게다가 나는 이곳 사투리를 멋지게 구사하거든. 아, 나스탸, 사랑스러운 나스탸! 이 얼마나 근사한 생각이니!" 리자는 이 즐거운 계획을 당장 실행에 옮기겠다고 작정하고는 잠자리에 들었다.

이튿날 그녀는 자기의 계획을 실천하기 시작했다. 시장

에 가서 두꺼운 아마포와 파란색 중국 무명과 구리 단추를 사 오게 하여 나스탸의 도움으로 루바슈카와 사라판을 마름질했고 하녀들을 불러 모아 바느질을 시켰다. 그리하여 저녁 무렵에는 모든 준비가 끝났다. 리자는 새로 지은 옷을 입은 자신의 모습을 거울에 비추어 보면서 자기가 이토록 사랑스러워 본 적이 없다는 것을 스스로 인정하였다. 그녀는 자기의 역을 몇 번이고 되풀이 연습하였다. 걸으면서 허리 굽혀 절하기, 그런 다음 몇 차례 고양이 인형처럼 고개를 흔들기, 농사꾼 말투로 말하기, 소매로 입을 가리고 웃기, 등등으로 완벽하게 나스탸의 승인을 받았다. 다만 한 가지 어려운 점이 있었다. 그녀는 맨발로 뜨락을 걸어 보려 했지만 잔디가 그녀의 여린 발을 찔렀고 모래와 작은 돌멩이는 견딜 수 없는 고통을 주었다. 여기서도 나스탸가 그녀를 도와주었다. 그녀는 리자의 발 치수를 재어 들판에 있는 목동 트로핌에게 달려가 그 치수대로 짚신 한 켤레를 지어 달라고 주문했다. 다음 날 채 날이 밝기도 전에 리자는 잠에서 깼었다. 집안 사람들은 아직 잠을 자고 있었다. 나스탸는 대문에서 목동을 기다렸다. 뿔피리 소리가 들리더니 마을의 가축 떼가 지주댁 앞을 지나 걸음을 옮겼다. 트로핌은 나스타 앞을 지나가면서 자그마하고 알록달록한 짚신 한 켤레를 건네주었고 그 대가로 50코페이카를 받았다. 리자는 조용히 농사꾼의 의상을 입고 나스타에게 마담 잭슨과 관련된 훈시를 귓속말로 일러주고 뒷문으로 빠져나가 채마밭을 거쳐 들판으로 뛰어갔다.

새벽노을이 동녘에서 빛나고 황금빛 구름은 열을 지어 마치 조신들이 군주를 기다리듯 태양을 기다리고 있었다. 청명한 하늘, 아침의 신선한 공기, 이슬, 산들바람 그리고 새들의 지저귐이 리자의 가슴을 천진난만한 즐거움으로 가득 채워 놓았다. 혹 누구라도 아는 사람과 마주칠까봐 그녀는 날 듯이 걸어갔다. 아버지 영지의 경계에 있는 숲에 다가서자 그녀는 더욱 조심해서 걸었다. 여기서 알렉세이를 기다려야만 했다. 자신도 왠지 몰랐지만 그녀의 가슴은 세차게 두근거렸다. 그러나 우리의 유소한 장난에 뒤따르는 두려움이야말로 사실 그 장난의 가장 큰 매력이다. 리자는 어두운 숲속으로 들어갔다. 멀리까지 울려 퍼지는 둔중한 숲의 소음이 처녀를 맞이하였다. 그녀의 명랑함은 수그러들었다. 그녀는 차츰차츰 달콤한 몽상으로 빠져들어 갔다. 그녀는 생각했다… 그러나 과연 열일곱 살 난 귀족 아가씨가 봄날 새벽 6시에 숲속에서 혼자 무슨 생각을 하고 있었는지를 정확하게 묘사할 수 있을까? 그리하여 그녀는 양옆에 늘씬한 나무들이 늘어선 길을 생각에 잠겨 걸어갔다. 그때 갑자기 잘생긴 사냥개가 그녀를 향해 짖어 대기 시작했다. 리자는 소스라치게 놀라 비명을 질렀다. 그때 어떤 목소리가 울려 퍼졌다. "괜찮아, 스보가르, 이리 와." 그러더니 젊은 사냥꾼이 관목숲 뒤에서 모습을 드러냈다. "겁내지 말아요, 아가씨," 그가 리자에게 말했다. "우리 개는 물지 않으니까." 리자는 이미 놀란 가슴을 진정시키고 이 상황을 즉시 이용하는 데 성공했다. "그래도요, 나리, " 그녀는 짐짓 겁에 질리고 수줍어하는 표정으로 말했다. "무서운걸요. 보세요. 아주 사납게 생겼어요. 또 달려들어요." 알렉세이(독자는 이미 그를 알아보았을 거다)는 그러는 동안 젊은 농사꾼 처녀를 유심히 바라보았다. "그렇게 무서우면 내 바래다주지." 그가 그녀에게 말했다. "네 옆에서 걸어가도 괜찮지?" "누가 말리나요,

뭐?" 리자가 대답했다. "제멋에 사는 거죠. 돈 드는 길도 아니고요." "너 어디서 왔니?" "프릴루치노에서 왔어요. 우리 아버지는 대장장이 바실리예요. 버섯을 따러 나왔어요"(리자는 가는 끈이 달린 바구니를 들고 있었다). "나리는요? 투길로보 분이시죠?" "그래 맞았다." 알렉세이가 대답했다. "젊은 도련님의 시종이지." 알렉세이는 자기들의 관계를 동등하게 만들고 싶었던 것이다. 그러나 리자는 그를 찬찬히 살펴보곤 웃기 시작했다. "거짓말이에요." 그녀가 말했다. "절 바보 취급하시네요. 나리가 바로 젊은 도련님이란 게 눈에 보이는걸요." "어째서 그런 생각이 들었지?" "모든 점에서요." "이를테면?" "나리와 시종을 구분 못할까 봐서요? 옷차림도 다르고 말씨도 다르고 개를 부르는 것도 우리와 다르고." 알렉세이는 리자가 점점 좋아졌다. 예쁜 시골처녀들과 격의 없이 지내는 데 익숙해 있던 그는 리자를 껴안으려 했다. 그러나 리자는 그를 뿌리치고 갑자기 엄격하고 쌀쌀맞은 태도를 취했다. 알렉세이는 그 모습에 웃음이 터져 나왔지만 어쨌든 더 이상의 접근은 자제했다. "만일 나리께서 앞으로 저와 친구로 지내고 싶으시다면," 그녀는 잔뜩 폼을 잡으며 말했다. "정신 똑똑히 차리셔야 해요." "어디서 그렇게 똑똑한 말을 배웠지?" 알렉세이는 껄껄 웃으며 물었다. "혹시 내가 아는 나스탸가 가르쳐 준 거 아니야? 걔가 네 주인댁 아가씨의 하녀 맞지? 이런 식으로 교양이 전파되는군!" 리자는 자기 역할에서 벗어났다는 느낌이 들어 곧 제자리로 돌아왔다. "무슨 말씀인가요?" 그녀가 말했다. "제가 뭐 지주댁에 가 본 적이 없는 줄 아세요? 염려 마세요. 저도 들을 만큼 듣고 볼 만큼 보았어요. 그런데," 그녀는 말을 이었다. "나리와 수다를 떨다가는 버섯을 하나도 못 따겠어요. 나리는 저쪽으로 가세요. 저는 이쪽으로 갈 테니까요. 그럼 안녕히…." 리자는 떠나려 했지만 알렉세이가 그녀의 손을 잡으며 만류했다. "네 이름이 뭐냐?" "아쿨리나예요." 리자는 알렉세이의 손아귀에서 손가락을 빼려고 힘을 쓰며 대답했다. "가게 해 주세요, 나리. 집에 가야 돼요." "아쿨리나, 나의 벗, 너의 아버지, 그러니까 대장장이 바실리를 내 곧 찾아보겠다." "뭐라고요?" 리자가 재빨리 반박했다. "제발, 오지 마세요. 제가 숲속에서 나리와 단둘이 시시덕

거린 걸 집에서 알았다간 혼쭐이 날 거예요. 우리 아버지가 절 죽도록 두들겨 팰 거예요." "그렇지만 난 너랑 꼭 다시 만나고 싶은걸." "그럼 제가 언제고 버섯 따러 여기 다시 올게요." "언제?" "뭐, 내일이라도." "사랑스러운 아쿨리나, 키스하고 싶지만 할 수가 없구나. 그럼 내일, 이 시간에, 알았지?" "네, 네." "거짓말하는 거 아니지?" "아니에요." "맹세해." "성 금요일에 맹세코 꼭 오겠어요."

젊은 남녀는 헤어졌다. 리자는 숲에서 나와 들판을 가로질러 정원으로 숨어 들어갔다. 그리고 나스탸가 기다리고 있는 농원으로 숨이 턱에 닿도록 뛰어갔다. 거기서 그녀는 궁금증에 안달이 난 하녀의 질문에 건성으로 대답하며 옷을 갈아입고 거실로 갔다. 식탁에는 아침 식사가 차려져 있었다. 벌써 하얗게 분칠을 하고 술잔처럼 허리가 꼭 조인 옷을 입은 마담 잭슨이 얄팍한 토스트를 자르고 있었다. 아버지는 이른 아침의 산책을 칭찬하며 말했다. "아침 일찍 일어나는 것만큼 건강에 좋은 것은 없지." 그는 백 살 이상 산 사람은 모두 보드카를 입에도 안 대고 여름이고 겨울이고 새벽에 일어난다고 지적하면서 영국 잡지에 나온 장수의 몇 가지 사례를 인용해 주었다. 리자는 그의 말을 듣고 있지 않았다. 그녀는 머릿속으로 오늘 아침에 일어난 만남의 모든 상황, 아쿨리나와 젊은 사냥꾼과의 모든 대화를 되새겨 보면서 양심의 가책을 느끼기 시작했다. 자신들의 대화는 예의에서 벗어난 게 아니며 이번 장난은 아무런 결과를 초래하지 않을 것이라고 공연히 스스로에게 항변도 해 보았지만 양심의 목소리는 이성의 목소리보다 크게 투덜거리고 있었다. 내일 만나기로 한 약속은 무엇보다도 더 그녀를 불안하게 했다. 그녀는 자기의 신성한 맹세를 저버리기로 굳게 결심했다. 그러나 알렉세이는 그녀를 헛되이 기다리다가 대장장이 바실리의 딸을, 곰보에다 뚱뚱보인 진짜 아쿨리나를 찾으러 마을로 올지도 모른다. 그리하여 그는 결국 그녀의 경박한 장난을 알아챌지도 모른다. 이런 생각은 리자를 겁에 질리게 했고 그래서 그녀는 다음 날 아침 아쿨리나가 되어 다시 숲속에 등장하기로 결심했다.

한편 알렉세이는 기쁨에 넘쳐 하루 종일 새로 사귄 여자친구에 관해 생각했다. 밤에는 까무잡잡한 미녀의 영상이 꿈속까지 그의 상상력을 좇아왔다. 동이 트기도 전에 그는 벌써 옷을 갈아입었다. 그는 엽총을 장전할 겨를도 없이 충직한 스보가르와 함께 들판으로 나가 약속한 장소로 달려갔다. 그로서는 참기 어려운 기다림 속에서 반 시간이 지나갔다. 마침내 관목 사이에서 푸른색 사라판이 어른거리는 것이 보이자 그는 사랑스러운 아쿨리나를 맞이하러 달려갔다. 그녀는 기쁨에 차서 고마워하는 그에게 미소를 지어 보냈다. 그러나 알렉세이는 그녀의 얼굴에 우수와 불안이 서린 것을 즉시 알아챘다. 그는 그 이유를 알고 싶었다. 리자는 자신의 행동이 경박하게 느껴져 후회하고 있으며, 이번에는 약속을 어기고 싶지 않아 왔지만 앞으로 그와 다시는 만나지 않겠으며, 두 사람에게 아무런 득이 되지 않을 이 교제를 그만 끝내 주기 바란다고 고백했다. 물론 이 모든 것은 농사꾼의 말투였다. 그러나 시골 처녀로서는 이례적인 생각과 감정이 알렉세이를 놀라게 했다. 그는 아쿨리나의 마음을 바꾸게 하기 위해 온갖 말솜씨를 다 동원했다. 그는 자신의 순수한 소망을 그녀에게 확신시켰고, 결코 그녀가 후회할 일을 하지 않을 것이며 매사에 그녀의 뜻을 따르겠노라고 약속했으며, 이틀에 한 번도 좋고 일주일에 두 번도 좋으니 제발 그녀와 단둘이 만나는 것, 즉 그의 유일한 낙만은 빼앗지 말아 달라고 간청했다. 그는 진실한 열정의 언어로 말했으며 이 순간 그는 진짜 사랑에 빠져 있었다. 리자는 잠자코 그의 이야기를 들었다. "그럼 약속해 주세요." 마침내 그녀가 말문을 열었다. "절대로 저를 찾으러 마을에 오신다든가 저에 관해 묻고 다니지 않으신다고요. 제가 정한 날 말고는 저와 만나려 애쓰지 않으시겠다고 약속해 주세요." 알렉세이는 성 금요일에 두고 맹세하려 하였으나 그녀는 웃으면서 그를 말렸다. "맹세는 필요 없어요." 리자가 말했다. "약속만으로도 충분한걸요." 그런 다음 그들은 리자가 집에 가야 한다고 말할 때까지 함께 숲속을 거닐며 화기애애하게 대화를 나누었다. 그들은 헤어졌고 알렉세이는 혼자 남겨졌다. 그는 어떻게 하여 소박한 시골 처녀가 겨우 두 번째 만남에서 자신을 송두리째 휘어잡을 수 있었는지 이해할 수가 없었다. 아쿨리나와의 관계는 그에게 참신한 매력을 주었다. 저 이상한 시골처녀의 요구는 힘들게 느껴졌지만 자기가 한 약속을 지키지 않겠다는 생각은 추호도 하지 않았다. 사실 알렉세이는 숙명의 반지라든가 비밀스러운 편지라든가 우울한 환멸 같은 것에도 불구하고 선량하고 열정적인 청년이었으며 순결함의 환희를 느낄 줄 아는 깨끗한 마음의 소유자였다.

내가 만일 나 자신의 욕구만을 충족시킬 요량이었다면 아마도 틀림없이 저 두 젊은이의 밀회와 점점 커가는 상호 신뢰와 호감, 그들이 함께 한 일과 대화 등을 지극히 자세하게 묘사했을 것이다. 그러나 나는 대부분의 독자들이 나의 즐거움을 공유하지 않으리라는 것을 안다. 그런 상세한 묘사는 대체로 지나치게 달콤하게 여겨질 터이므로 생략하고 다만 한 가지, 두 달도 채 못 가서 우리의 알렉세이는 정신없이 사랑에 빠져들었으며 리자 역시 그보다는 말수가 적었지만 그 못지않게 적극적이었다는 사실만을 간략하게 말해 두고자 한다. 그들은 그저 현재에 만족했으며 미래에 대해서는 별로 생각하지 않았다.

항구한 결합에 관한 생각이 종종 두 사람의 머릿속에 떠올랐지만 그들은 이 문제에 관해 아무 얘기도 하지 않았다. 이유는 명백하다. 알렉세이는 사랑스러운 아쿨리나에게 넋이 빠지긴 했지만 자기와 가난한 농꾼 처녀 간의 거리를 항시 인식하고 있었다. 리자는 리자대로 아버지들 간의 적대감이 어느 정도인지 알고 있었고 그들의 화해는 꿈도 꾸지 못했다. 게다가 투길로보의 지주가 마침내 프릴루치노의 대장장이 딸의 발 아래 무릎을 꿇는 것을 보고 싶다는 은밀하고 낭만적인 소망이 그녀의 자존심을 부추기고 있었다. 그런데 갑자기 중요한 사건이 발생하는 바람에 그들의 관계는 하마터면 급변할 뻔했다.

어느 청명하고 선선한 아침에(우리 러시아 가을날이면 흔히 보게 되는) 이반 페트로비치 베레스토프는 말을 타고 산책길에 나섰다. 그는 혹시 몰라서 대여섯 마리의 보르조이 개와 말구종, 그리고 딸랑이를 든 소년 시종 몇 명을 거느리고 갔다. 바로 그때 그리고리 이바노비치 무롬스키도 화창한 날씨에 매혹되어 꼬리 자른 암말을 타고 자신의 영국화된 영지 부근을 속보로 배회하였다. 숲에 다가서자 여우털로 안을 댄 카프카즈식 상의를 입고 거만하게 말 위에 올라탄 자기의 이웃이 눈에 들어왔다. 그는 소년들이 고함을 치고 딸랑이를 흔들어 대며 관목숲에서 몰아내고 있는 토끼를 기다리고 있었다. 만일 그리고리 이바노비치가 이런 식의 조우를 미리 알 수 있었다면 그는 물론 다른 길로 돌아갔을 것이다. 그러나 그는 전혀 뜻하지 않게 그와 마주쳤고 정신을 차렸을 때는 이미 사정거리 안에 들어와 있었다. 어쩔 수가 없었다. 무롬스키는 교양 있는 유럽인답게 자기의 적에게 다가가 정중하게 인사를 건넸다. 베레스토프는 사슬에 묶인 곰이 조련사의 명령으로 "신사분들"께 절하듯 열심히 답례했다. 바로 이때 숲속에서 토끼 한 마리가 뛰어나와 들판으로 달려갔다. 베레스토프와 말구종은 목청껏 소리를 지르며 개들을 풀어놓은 뒤 전속력을 다해 그 뒤를 쫓아 말을 달렸다. 무롬스키의 말은 한 번도 사냥을 해 본 적이 없는지라 잔뜩 겁에 질려 후다닥 달아나기 시작했다. 무롬스키는 승마의 달인으로 자처하던 터라 말이 달려가는 대로 내버려 두면서 내심 불쾌한 대화 상대로부터 자기를 구해 준 이 우연에 만족해 했다. 그러나 말은 전에 와 본 적이 없는 골짜기에 다다르자 갑자기 옆길로 몸을 틀었고 그 바람에 무롬스키는 말에서 떨어지고 말았다. 얼어붙은 땅으로 곤두박질친 그는 꼬리 자른 암말을 저주하며 그대로 누워 있었다. 말은 기수가 없어진 것을 알자 마치 제정신을 차린 듯 즉시 우뚝 서 버렸다. 이반 페트로비치가 다친 데는 없느냐고 물으며 달려왔다. 그의 말 구종은 죄 지은 말에 재갈을 물려 끌고 왔다. 그는 무롬스키를 도와 말에 오르게 해 주었고 베레스토프는 그를 자기 집에 초대했다. 무롬스키는 신세를 졌다는 생각에 거절을 할 수가 없었다. 이렇게 해서 베레스토프는 사냥개가 잡아온 토끼와 거의 전쟁포로나 다름없는 부상당한 적수를 이끌고 의기양양하게 집으로 돌아갔다.

두 이웃은 아침을 먹으며 다분히 화기애애하게 대화를 나누었다. 무롬스키는 타박상 때문에 말을 타고 집에 갈 만한 상태가 아니라고 털어놓으며 베레스토프에게 마차를 빌려 달라고 청했다. 베레스토프는 현관까지 바래다주었고 무롬스키는 베레스토프에게서 그 다음 날 (알렉세이 이바노비치와 함께) 프릴루치노에 친구로서 점심을 들러 오겠다는 약속을 받아내고서야 떠나갔다. 이렇게 하여 오래되고 뿌리 깊은 반목은 꼬리 잘린 암말이 겁을 낸 덕분에 제거되려는 듯 보였다.

리자는 그리고리 이바노비치를 맞이하러 뛰어나왔다. "이게 어떻게 된 일이에요, 아빠?" 그녀는 깜짝 놀라 물었다. "어째서 다릴 저세요? 말은 어디 있어요? 이게 누구네 마차예요?" "아마 짐작도 못할 게다, 마이 디어my dear." 그리고리 이바노비치는 이렇게 대답하고는 오늘 일어난 일의 전말을 이야기해 주었다. 리자는 자기 귀를 의심하였다. 그리고리 이바노비치는 그녀가 정신을 차릴 여유도 주지 않고 다음 날 베레스토프 부자가 식사를 하러 올 거라고 선언했다. "그게 무슨 말씀이세요!" 그녀는 핏기를 잃으며 말했다. "베레스토프 부자라니요, 아버지와 아들이! 내일 우리 집에 식사를! 안 돼요, 아빠. 아빠는 마음대로 하세요. 하지만 전 무슨 일이 있어도 안 나타날 거예요." "그게 뭔 소리냐, 너 정신 나갔니?" 아버지가 가로막았다. "언제부터 네가 그렇게 수줍음을 탔느냐? 아니면 무슨 낭만적 여주인공처럼 그 집안에 대해 대대로 물려받은 원한이라도 품고 있는 게냐? 바보짓은 그만두거라…." "아니, 아빠, 세상이 두 쪽이 나도, 금은보화를 주셔도 저는 베레스토프치들 앞에 안 나타날 거예요." 그리고리 이바노비치는 어깨를 으쓱하고는 딸과 싸워 보았자 아무런 소용이 없다는 걸 알았기 때문에 더 이상 언쟁은 하지 않았다. 그는 이 기념할 만한 산책의 피로를 풀기 위해 쉬러 갔다.

리자베타 그리고리예브나는 자기 방에 가서 나스탸를 불렀다. 두 사람은 한참 동안 내일 있을 방문에 관해 숙의했다. 알렉세이가 만일 이 요조숙녀가 아쿨리나라는 것 알면 무슨 생각을 할까? 그녀의 행동거지와 마음가짐과 분별력을 어떻게 평가할까? 리자는 다른 한편으로 그토록 예상 밖의 해후가 그에게 어떤 인상을 줄 것인지 무척 보고 싶기도 했다… 불현듯 한 가지 생각이 반짝 떠올랐다. 그녀는 즉시 나스탸에게 털어놓았다. 두 처녀는 무슨 대단한 발견이라도 한 듯 기뻐했고 그 생각을 반드시 실행하기로 마음먹었다.

다음 날 아침 조반을 들면서 그리고리 이바노비치는 딸에게 아직도 베레스토프 부자가 오면 숨어 버릴 작정이냐고 물었다. "아빠," 리자가 대답했다. "아빠가 정 원하신다면 그 사람들 앞에 나가겠어요. 단 한 가지 조건이 있어요. 제가 그 사람들 앞에 어떤 모습을 하고 나타나든, 또 무슨 짓을 저지르든 절 꾸중하시면 안 돼요. 또 놀라워하거나 언짢은 내색을 해서도 안 되고요." "또 무슨 장난을 치려는 게구나!" 그리고리 이바노비치는 웃으면서 말했다. "좋아, 좋아. 알았다. 너 좋을 대로 하려무나. 까만눈의 말괄량이야." 이 말과 함께 그는 딸의 이마에 키스했고 리자는 준비를 하러 뛰어나갔다.

정각 2시에 여섯 필의 말이 끄는 가내 제조 마차가 뜰 안에 들어와 담녹색 원형 잔디밭 주위를 돌았다. 베레스토프 노인은 제복을 입은 두 명의 무롬스키 댁 하인의 도움을 받아 현관 계단에 올라섰다. 그의 아들은 말을 타고 뒤따라와 함께 식당으로 들어갔다. 식당에는 이미 식탁이 차려져 있었다. 무롬스키는 더할 나위 없이 상냥하게 이웃을 맞아들였고 식사가 시작되기 전에 정원과 동물 우리를 구경시켜 드리겠노라고 말하면서 그들을 정성껏 청소하고 모래를 깔아 놓은 오솔길로 안내했다. 베레스토프 노인은 내심 이런 무익한 변덕에 낭비된 노력과 시간을 아깝게 생각했지만 예의상 아무 말도 하지 않았다. 그의 아들은 계산적인 지주의 불만에도, 자부심 강한 영국광의 환희에도 동조하지 않았다. 그는 전부터 많이 들어 온 주인 딸의 출현만을 초조하게 기다렸다. 우리도 이미 알다시피 그의 마음속엔 이미 다른 여성이 들어와 있었지만 젊은 미녀는 항상 그의 상상력을 지배할 권리가 있었던 것이다.

응접실로 돌아온 세 사람은 자리에 앉았다. 노인들은 지난 이야기며 군 복무 시절의 일화를 되새겼고 알렉세이는 리자가 오면 어떤 역할을 해야 하나 하고 궁리하고 있었다. 그는 여하한 경우에도 냉정한 무관심이 무엇보다 합당하다고 결론을 내리고는 거기 맞게 준비를 했다. 이윽고 문이 열렸다. 그는 아무리 내로라하는 요부라도 즉시 간담이 서늘해질 정도로 무관심하고 오만하고 태연한 표정으로 고개를 돌렸다. 그러나 애석하게도 리자 대신 분을 하얗게 바르고 허리를 꼭 졸라맨 늙은 마담 잭슨이 들어와 눈을 내리깔고 살짝 무릎을 굽혀 인사를 했다. 알렉세이의 멋진 전략은 그리하여 수포로 돌아갔다. 그가 전력을 재정비할 틈도 없이 문이 다시 열리더니 이번에는 리자가 들어왔다. 모두들 자리에서 일어섰다. 리자의 아버지는 손님들을 소개시키려다 갑자기 말을 멈추고 재빨리 입술을 깨

물었다… 리자, 그의 까무잡잡한 리자는 귀까지 하얗게 분을 뒤집어쓰고 마담 잭슨보다도 더 시커멓게 눈썹을 그리고 있었다. 그녀의 진짜 머리색보다 훨씬 밝은 가발은 루이 14세의 가발처럼 곱슬거렸다. "바보 같은" 소매는 마담 퐁파두르의 고래뼈 테를 둘러 퍼지게 한 스커트처럼 불룩했다. 허리는 엑스자 형으로 조여져 있었고 아직 전당포에 잡혀 먹지 않은 어머니의 보석들이 모두 그녀의 손가락이며 목이며 귀에서 번쩍거렸다. 알렉세이는 이 우스꽝스럽고 번쩍거리는 아가씨가 자기의 아쿨리나일 줄은 상상도 하지 못했다. 그의 아버지는 그녀의 손에 키스했고 그도 울화를 터트리며 아버지를 따라했다. 그가 그녀의 하얗고 가느다란 손가락을 건드렸을 때 그는 손가락이 떨리고 있다고 생각했다. 한편 그는 온갖 교태를 다하여 장식된 작은 발이 일부러 보란 듯이 스커트 밖으로 내밀어져 있는 것을 발견했다. 그것은 나머지 옷차림에 대한 그의 혐오감을 어느 정도 식혀 주었다. 분이나 눈썹 먹에 관하여 말하자면 솔직히 그는 너무도 순진하여 처음부터 그것들을 알아채지 못하였고 나중에도 의심조차 하지 않았다. 그리고리 이바노비치는 자기가 한 약속을 기억하고는 놀란 내색을 하지 않으려고 안간힘을 썼다. 그러나 자기 딸의 장난이 너무나 재미 있어 그는 하마터면 웃음을 터트릴 뻔했다. 그러나 격식에 얽매인 영국 여자는 웃고 있을 경황이 아니었다. 그녀는 분과 눈썹 먹이 자기 화장대에서 훔친 것이라는 것을 알아차렸고 분노의 홍조가 인위적으로 하얗게 만든 그녀의 얼굴에서 배어 나왔다. 그녀는 모든 변명을 뒤로 미룬 채 시침 뚝 떼고 앉아 있는 젊은 말괄량이에게 이글이글 타는 눈길을 던졌다.

모두들 식탁에 둘러앉았다. 알렉세이는 무심하고 사색적인 청년의 역할을 계속했다. 리자는 얌전을 빼며 노래하듯 입 속으로 오물오물, 그것도 프랑스어로만 말을 했다. 아버지는 딸의 의도가 무엇인지 몰랐지만 이 모든 것이 하도 재미 있어 자꾸만 딸을 흘끔흘끔 쳐다보았다. 영국 여자는 너무도 울화통이 치밀어 숫제 입을 다물었다. 오로지 이반 페트로비치만이 제 집처럼 편하게 굴었다. 2인분의 음식을 먹어 치우고 양껏 마시고 자기가 던진 농담에 자기가 웃고 점점 더 다정하게 수다를 떨고 껄껄 웃어 댔다.

마침내 식사가 끝나고 손님들은 돌아갔다. 그리고리 이바노비치는 이제 마음껏 웃음을 터트리며 질문 공세를 폈다. "어떻게 그 사람들을 그런 식으로 놀려먹을 생각을 다 했느냐?" 그가 리자에게 물었다. "얘야, 너 이거 아니? 분은 너한테 정말 잘 어울린단다. 내가 뭐 여자들 화장술까지 왈가왈부하려는 건 아니다만서도 내가 너라면 이제부터 분칠을 시작할 거다. 물론 많이는 말고 아주 살짝 말이다." 리자는 자기의 계획이 성공한 것에 신바람이 났다. 그녀는 아버지를 포옹하고 그의 충고를 생각해 보겠다고 약속하고는 분노한 마담 잭슨을 달래러 뛰어갔다. 마담 잭슨은 가까스로 문을 열어 주면서 그녀의 변명을 들어 보겠다고 말했다. 리자는 말했다, 낯 모르는 사람들 앞에 시커먼 얼굴로 나서는 게 창피했다, 그러나 감히 부탁 드릴 용기가 없었다…, 착하고 친절하신 마담 잭슨은 용서해 주실 거라 믿었다…, 운운. 마담 잭슨은 리자가 자기를 놀리려고 그랬던 것이 아니라는 것을 확인하고서야 누그러졌다. 그녀는 리자에게 키스해 주고 화해의 정표로 영국제 분 한 통을 선사했고 리자는 진심으로 감사를 표하며 그것을 받았다.

독자 여러분도 짐작하셨듯이 리자는 다음 날 아침 득달같이 만남의 숲으로 갔다. "나리는 어제 저의 주인댁에 오셨지요?" 리자는 다짜고짜 알렉세이에게 물었다. "우리 아가씨 어때요?" 알렉세이는 보는 둥 마는 둥했다고 대답했다. "유감인걸요." 리자가 말했다. "왜?" 알렉세이가 물었다. "왜냐하면, 나리께 여쭤 보고 싶었거든요, 사람들 얘기가 사실인지…." "뭐라고들 하는데?" "제가 아가씨를 닮았다고들 하는데 정말 그래요?" "무슨 헛소리! 그 아가씨는 너한테 대면 괴물 중의 괴물이야." "아이, 나리도, 너무 심하세요. 아가씨 피부가 얼마나 하얀데요. 그리고 얼마나 세련되셨는데요! 저 같은 거하고는 비교도 안 되지요!" 알렉세이는 피부색이 하얀 모든 아가씨들보다 그녀가 더 아름답다고 맹세하고는 그녀를 완벽하게 안심시켜 주기 위해 주인 아가씨를 너무도 우스꽝스럽게 묘사하기 시작했으므로 리자는 박장대소했다. "하지만," 그녀는 한숨을 쉬며 말했다. "아가씨가 좀 우습게 보이긴 해도 어쨌든 저는 아가씨에 비하면 글도 못 읽는 바보인걸요." "그랬었군! 그래서 네가 징징 짜는 거로구나! 네가 원하기만 하면 내가 즉시 글을 가르쳐 주마." "정말요?" 리자가 말했다. "정말 해 볼 거예요?" "그래, 귀염둥이 아가씨. 지금이라도 당장 해 보자꾸나." 그들은 앉았다. 알렉세이는 호주머니에서 연필과 수첩을 꺼냈고 아쿨리나는 놀라운 속도로 알파벳을 익혔다. 알렉세이는 그녀의 이해력에 놀라지 않을 수가 없었다. 다음 날 아침 그녀는 쓰는 법을 배우고 싶어 했다. 처음에는 연필 쥐는 것이 서툴었지만 몇 분 뒤에 그녀는 제법 그럴듯하게 알파벳을 그리기 시작했다. "기적이군!" 알렉세이가 말했다. 랭커스터식 교육법보다 우리 나라식이 더 빠르구먼." 실제로 세 번째 수업에서 아쿨리나는 글자를 하나하나 짚어 가며 〈대귀족의 딸 나탈리야〉를 독파했다. 그녀는 읽으면서 중간중간 주석까지 달아 알렉세이를 놀라게 했고 종이에다 그 이야기에서 골라낸 경구를 빽빽이 적어 놓았다.

일주일이 지나갔고 그들은 편지를 주고받기 시작했다. 늙은 참나무에 뚫린 구멍이 그들의 우체통이었다. 나스탸가 비밀리에 우체부 노릇을 했다. 알렉세이는 그곳에 대담한 필체로 쓴 편지를 가져다 놓고 사랑하는 처녀가 푸른색 보통 종이에 서툴게 쓴 편지를 발견하곤 했다. 아쿨리나의 문체는 눈에 보이게 향상되었고 그녀의 지성 또한 하루가 다르게 발달해 갔다.

한편 얼마전에 이반 페트로비치 베레스토프와 그리고리 이바노비치 무롬스키 간에 시작된 교제는 점점 공고히 되었고 급기야는 우정으로 변모하였다. 그렇게 되기까지는 다음과 같은 사정이 있었다. 무롬스키는 종종 이반 뻬드로비치가 사망할 경우 그의 전 재산은 알렉세이 이바노비치에게 넘어갈 것이고 그렇게 되면 알렉세이 이바노비치는 현 내에서 가장 부유한 지주 중의 하나가 될 것이며 그가 리자와 결혼하지 않을 하등의 이유가 없다고 생각하곤 했다. 베레스토프 노인은 노인대로 자기의 이웃에게서 모종의 변덕스러운 점(혹은 그의 표현을 빌리자면 영국식의 바보짓)을 발견했지만 많은 탁월한 장점들, 예를 들어 기민함 같은 것도 있다는 것을 부정하지 않았다. 그리고리 이바노비치는 가문 좋고 세력 있는 프론스키 백작의 가까운 친척이었고 백작은 알렉세이에게 좋은 연줄이 될 수 있었다. 무롬스키도(이반 페트로비치는 그렇게 생각했다) 자기 딸을 이렇게 좋은 자리에 시집을 보내게 되면 기뻐할 것이다. 두 노인은 날마다 혼자서 이 모든 것에 관해 궁리하다가 마침내 서로에게 의중을 털어놓고는 포옹을 하고 일을 순리대로 밀고 나가자고 약속을 한 뒤 각자 자기식대로 일처리에 나섰다. 무롬스키에게는 어려운 점이 있었다. 그것은 지난 번의 그 기념할 만한 식사 이후 본 적이 없는 알렉세이와 좀더 친해지도록 자기 딸 베시를 설득하는 일이었다. 그 두 사람은 서로에게 별로 마음이 없는 것 같았다. 적어도 알렉세이는 그날 이후 프릴루치노에 발그림자도 하지 않았으며 리자는 이반 페트로비치가 그들을 방문할 때마다 자기 방으로 숨어 버렸다. 그러나 알렉세이가 날마다 우리 집에 오면 베시도 틀림없이 그 녀석을 좋아하게 될 거야라고 그리고리 이바노비치는 생각했다. 그게 자연의 법칙이거든. 시간이 모든 걸 해결해 준단 말이야.

이반 페트로비치는 자기 계획의 성공에 대해 별로 걱정을 하지 않았다. 그날 저녁 당장에 그는 아들을 서재로 불러 파이프에 불을 붙이고는 잠시 뜸을 들이다가 말문을 열었다. "알료샤야, 어쩐 일로 요즘은 군대에 들어가겠다는 말이 쏙 들어갔구나? 경기병 군복도 벌써 시들해진 게로구나!" "아니에요, 아버님." 알렉세이가 공손하게 대답했다. "아버님께서 제가 경기병이 되는 게 탐탁지 않으신 것 같아서요. 아버님 뜻을 따르는 게 자식 된 도리지요." "오냐," 이반 페트로비치가 말했다. "효성이 지극한 아들이로구나. 그 말을 들으니 적이 안심이 되는구나. 나도 너한테 강요하고 싶진 않다. 억지로… 당장… 관청에 들어가란 말은 안 하겠다. 대신 나는 네가 장가를 들었으면 한다."

"누구하고요, 아버님?" 놀란 알렉세이가 물었다.

"리자베타 그리고리예브나 무롬스키하고." 이반 페트로비치가 대답했다. "그만 한 색시감도 없지. 안 그러냐?"

"아버님, 전 아직 결혼 생각은 안 해 보았어요."

"네가 생각을 안 하니까 내가 대신 생각하고 또 생각해 본 게야."

"어쨌든, 리자 무롬스카야는 통 마음에 안 드는걸요."

"나중에는 마음에 들 게다. 살다 보면 좋아지게 돼 있어."

"전 그 아가씨를 행복하게 해 줄 능력이 없어요."

"그 아가씨 행복까지 신경 쓸 것 없다. 뭐냐? 이게 부모님 뜻을 따르는 거냐? 좋다!"

"아버님이 어떻게 하시든 저는 결혼하고 싶지도 않고 하지도 않을 거예요."

"결혼을 안 하면 네 녀석을 저주할 테다. 내 하느님께 맹세코 전 재산을 팔아 모조리 써 버리고 네 녀석한테는 땡전 한 닢 안 남겨 줄 테다. 사흘 동안 생각할 시간을 줄 테니 그동안 내 앞에 얼씬도 하지 말거라."

알렉세이는 자기 아버지의 머릿속에 일단 어떤 생각이 박혀 버리면, 타라스 스코티닌의 표현에 의하자면, 그것은 망치로 쳐도 결코 뽑아낼 수 없다는 것을 알고 있었다. 그러나 알렉세이는 아버님을 닮았기 때문에 그의 마음을 바꾸는 것 역시 그 못지않게 어려웠다. 그는 자기 방으로 가 부모의 권위가 갖는 한계, 리자베타 그리고리예브나, 자기를 알거지로 만들겠다는 아버지의 엄숙한 맹세, 그리고 마지막으로 아쿨리나에 관해 생각하기 시작했다. 그는 처음으로 자기가 그녀를 미칠 듯이 사랑한다는 사실을 분명히 깨달았다. 농사꾼 처녀와 결혼하여 자기 힘으로 먹고 산다는 소설 같은 생각이 그의 머리에 떠올랐고 이 단호한 처사에 관해 생각하면 할수록 그것이 분별 있게 여겨졌다. 비가 내리는 바람에 숲속에서의 밀회는 한동안 중단된 상태였다. 그는 가장 분명한 필체로, 그리고 가장 강렬한 문체로 아쿨리나에게 편지를 써서 자기들을 위협하는 불행에 관해 설명하고 그녀에게 단도직입적으로 청혼을 하였다. 그는 즉시 편지를 우체통, 즉 떡갈나무 구멍에 넣고 매우 흡족한 마음으로 잠자리에 들었다.

다음 날 알렉세이는 아침 일찍 굳은 결의를 품고 무롬스키 댁으로 찾아갔다. 그에게 모든 것을 털어놓을 작정이었다. 그는 무롬스키의 관대함을 자극하여 자기 편으로 만들 수 있기를 바라고 있었다. "그리고리 이바노비치 계신가?" 그는 프릴루치노의 저택 현관에 말을 세우며 물었다. "안 계십니다요." 하인이 대답했다. "그리고리 이바노비치는 아침 일찍 나가셨는데요." "재수 더럽게 없군!" 알렉세이는 생각했다. "그럼 리자베타 그리고리예브나는 계시겠지?" "계십니다요." 알렉세이는 말에서 뛰어내려 고삐를 하인에게 건네고는 통보도 없이 집 안으로 들어갔다.

"만사가 해결될 거야." 그는 거실로 다가가며 생각했다. "그 여자와 직접 담판을 지어야지." 그는 안으로 들어갔다… 그리고 말뚝처럼 우뚝 서 버렸다! 리자… 아니 아쿨리나가, 저 사랑스럽고 까무잡잡한 아쿨리나가 사라판이 아닌 흰색 아침 드레스를 입고 창가에 앉아 그가 보낸 편지를 읽고 있는 게 아닌가. 그녀는 읽는 데 정신이 팔려 그가 들어오는 소리도 못 듣고 있었다. 알렉세이는 기쁨의 탄성을 억제할 수 없었다. 리자는 흠칫 놀라 고개를 들더니 비명을 지르며 달아나려 했다. 그는 달려가 그녀를 붙잡았다. "아쿨리나, 아쿨리나!…" 리자는 그의 품에서 빠져나오려 발버둥을 쳤다. "이거 놓으세요, 선생님. 머리가 어떻게 되신 거 아니에요?" 그녀는 얼굴을 돌리며 되뇌었다."아쿨리나! 나의 벗 아쿨리나!" 그는 연방 그녀의 손에 키스하며 되풀이 말했다. 이 광경의 목격자인 마담 잭슨은 어안이 벙벙해 보고만 있었다. 이때 문이 열리고 그리고리 이바노비치가 들어왔다.

"아하!" 무롬스키가 말했다. "보아 하니 얘기가 아주 잘된 것 같구나…."

독자 여러분은 대단원을 묘사해야 하는 불필요한 의무에서 나를 해방시켜 주리라 믿는다.

벨킨 이야기의 끝.

|작품 해설| 아, 푸시킨!

짧은 삶, 긴 죽음

알렉산드르 세르게예비치 푸시킨Aleksandr Sergeevich Pushkin은 1799년 5월 26일(모든 날짜는 구력임) 모스크바에서 태어났다. 그의 아버지 세르게이 르보비치Sergei L'vovich는 해묵은 귀족 가문 출신이었고, 어머니 나제즈다 오시포브나 한니발Nadezhda Osipovna Gannibal은 푸시킨이 훗날 〈표트르 대제의 흑인Arap Petra Velikogo〉에서 자랑스럽게 설명했다시피 콘스탄티노플에 포로로 잡혀 갔다가 1706년에 표트르 대제의 황실로 이송된 아비시니아(현재의 에티오피아) 황태자의 후손이었다. 푸시킨의 검은 피부와 이국적인 용모는 외가 쪽 혈통 때문이라 할 수 있다. 이즈마일롭스키 연대에 근무하다가 소령으로 은퇴한 세르게이 르보비치는 손님 접대와 살롱 출입을 유일한 낙으로 삼은 한량이었으며, 나제즈다 오시포브나 또한 미모를 자랑하며 향락을 마다하지 않는 변덕스러운 유한 마담이었다. 날마다 명사들과 어울리느라, 또 끊임없이 부부 싸움을 해 대느라 언제나 바빴던 그들은 아이들의 교육에는 별반 관심이 없었다. 유창한 프랑스어 구사 능력과 천박한 유머 감각 말고는 이렇다 할 자랑거리가 없었던 부친은 어린 알렉산드르의 자립심과 고집을 몹시 싫어하였다. 모친 역시 육아는 나 몰라라 하면서도 아이들(즉 푸시킨과 동생 레프, 누이 올가)의 체벌에만 관심을 기울였고 알렉산드르의 고집 센 기질을 혐오하였다. 이런저런 이유로 어린 푸시킨의 교육은 전적으로 프랑스에서 이민 온 가정교사들에게 맡겨졌다.

어린 시절의 푸시킨은 집 안에서 오로지 프랑스어만을 듣고 말하였으며 또한 당시의 습작 시 모두 프랑스어로 씌어졌다. 부모의 무관심은 그러나 다른 한편으로 아버지의 장서와 손님들에 의해 상쇄되었다. 그는 부친의 서재에 산더미처럼 쌓여 있는 프랑스 소설들, 플루타르코스 영웅전, 볼테르의 저작, 18세기 역사물, 애정시와 우화 등을 탐독할 수 있었으며, 부모를 방문한 많은 문인들(그중에는 시인인 큰아버지 바실리 푸시킨Vasilii Pushkin을 비롯하여 카람진N. Karamzin, 드미트리에프I. Dmitriev, 바튜시코프K. Batiushkov 등이 있었다)의 대화를 귀동냥할 수 있었다. 게다가 현명한 외할머니 마리야 알렉세예브나Mariia Alekseevna와 구수한 이야기 솜씨가 일품인 유모 아리나 로지오노브나Arina Rodionovna 덕분에 러시아 민담과 전통을 자연스럽게 습득할 수 있었다. 유모는 훗날 《예브게니 오네긴*Evgenii Onegin*》, 〈겨울밤Zimnii vecher〉을 통해 불멸의 형상을 얻게 된다. 그의 어린 시절은 이렇게 유럽적인 것과 러시아적인 것이 교묘하게 어우러진 세련된 문화적 분위기 속에서 흘러갔다.

1801년부터 1803년까지 푸시킨 일가는 교양과 높은 미적 감각으로 유명한 귀족 유수포프N. Iusupov 공작의 아르한겔스코예 영지에서 지냈다. 유수포프 공작은 볼테르, 디드로, 보마르셰 등과 개인적인 친분을 유지했을 뿐만 아니라 그의 장원은 로마와 프랑스 건축의 정수를 본뜬 것으로 위용과 세련미를 자랑하였으며, 그의 다양한 수집품들은 당대의 예술 애호가 사이에 널리 알려져 있었다. 1827년 아르한겔스코예를 방문한 푸시킨은 〈어느 귀족에게K vel' mozhe〉라는 시를 통해 유수포프를 회상한 바 있다. 1805년부터 1810년까지 매년 여름을 푸시킨은 모스크바 인근 자하로보에서 할머니 마리야 알렉세예브나와 함께 지냈다. 자하로보 근처에 길게 펼쳐진 울창한 삼림은 할머니의 구수한 옛날 이야기와 더불어 어린 푸시킨의 정서 형성에 지대한 영향을 미쳤다. 지극히 러시아적인 포에마(장편 서사시) 〈루슬란과 류드밀라Ruslan i Liudmila〉의 씨앗은 이미 이 시기의 자하로보에 뿌려졌다. 여기서 그는 러시아 민담에 등장하는 영웅들의 이야기를 밤새워 들었으며, 보리스 고두노프Boris Godunov와 참칭자 드미트리에 관한 이야기를 통해 러시아 역사와도 접할 수 있었다.

1811년에 알렉산드르 1세는 페테르부르크 외곽의 차르스코예 셀로에 상류층 자제를 위한 리체이(귀족 학교)를 개설하였다. 황제와 황실 가족이 입회한 자리에서 10월 19일 성대한 개교식이 거행되었다. 푸시킨의 시들 가운데 〈10월 19일〉이라는 제목이 붙은 것은 모두 이날을 회상하는 작품들이다. 리체이는 고위층 자녀들에게 최상의 교육을 제공하여 훗날 그들을 중요한 관직으로 유도하는 데 목적이 있었다. 푸시킨은 그해에 리체이에 입학하여 6년간 수학하였으며 1812년의 조국 전쟁도 여기서 체험하였다. 리체이는 3년간의 초급반과 3년간의 고급반으로 나뉘어 있었는데, 교과 과정에는 무도, 펜싱, 승마, 수영 등의 체육 과목과 윤리학 같은 형이상학적 과목 그리고 역사, 지리, 수학, 외국어 등이 포함되어 있었다. 게다가 쿠니친A. Kunitsin, 갈리치A. Galich 등 우수한 교수들의 강의를 통해 자유주의적이고 진보적인 사상이 어린 소년들에게 전수되고 있었다. 차르스코예 셀로는 잘 다듬어진 정원과 산책로, 연못 등으로 유명했으며 그 사이사이에 러시아 승전을 기념하는 탑과 조각상과 기념비가 세워져 있었다. 소년 푸시킨의 마음에 애국심과 미에 대한 감각을 불어넣어 준 그곳의 정경은 1815년 푸시킨이 상급반으로 진학하기 위한 시험 때 원로 시인 제르쟈빈G. Derzhavin 앞에서 낭송한 〈차르스코예 셀로의 회상Vospominanie v Tsarskom Sele〉에 잘 나타나 있다.

리체이 시절 푸시킨은 방만함과 게으름으로, 그리고 시적 재능으로 두각을 나타냈다. 당시 그의 학적부에는 그가 "매우 섬세한 지성"의 소유자이고 독서량도 상당히 많지만 "그 나이에 맞는 책을 읽지 않는 것이 유감"이라고 적혀 있다. 또한 그의 지식은 "피상적인" 편이고 성격은 "격하기" 쉽지만 "타인의 충고를 겸손하게 받아들일 줄 안다"라고도 기록되어 있다. 물론 이 시기의 그의 작품들을 독창적이라고 보기는 어렵다. 대부분의 시들이 프랑스 시와 18세기 러시아 시의 모방에 불과하지만 그럼에도 푸시킨의 나이를 고려해 본다면 지나치게 조숙하다는 인상을 준다. 어쨌든 이미 이 시기에 그는 학교 친구들과 기성 문인들 사이에서 탁월한 시적 재능을 인정받았다. 당대 최고의 시인 중 한 사람이었던 주콥스키V. Zhukovskii는 소년 알렉산드르의 시를 읽고서 감격하여 뱌젬스키P. Viazemskii에게 보내는 편지에 그를 "기적을 만드는 소년"이자 "우리 문학의 희망"이라 격찬하는 한편 "우리 모두 힘을 합쳐 미래의 거인이 자라나는 것을 도와 주자"라고 썼다. 원로 시인의 이러한 격찬 속에서 그는 약관 15세의 나이에 '아르자마스Arzamas' 협회의 회원이 되었다. 아르자마스란 주콥스키, 바튜시코프, 뱌젬스키 등 당대의 쟁쟁한 문인들이 주축이 되어 1815년에 결성한 문학 동아리로서 카람진이 시작한 문학 및 문학어의 개혁을 활성화시키고 의고주의자였던 시시코프A. Shishkov와 그의 '러시아어 애호가 모임Beseda liubitelei russkogo slova'의 활동을 방해하는 것을 주된 목표로 삼았다. 러시아어 애호가 모임은 일체의 신조어와 외래어를 부정하였으며 러시아 문학어의 토대로서 고대 교회 슬라브어를 사용할 것을 주장하였으므로 그들의 극단적 보수주의는 빈번한 조롱의 대상이 되었다.

푸시킨은 초기부터, 세월의 무상성과 죽음에 대한 사색을 테마로 하는 엘레지풍의 시, 삶에 대한 사랑을 구가하는 아나크레온풍의 시, 황제의 총신 아락체예프를 빗대어 쓴 〈리치누스에게Litsiniiu〉처럼 신랄한 정치시, 당시 그와 친했던 푸시친I. Pushchin, 젤비그A. Del'vig, 큐헬베키르V. Kiukhel'beker 등을 회상하는 우정에 관한 시 등, 다양한 테마와 형식을 섭렵하였다. 이 시기의 시들은 문학적 가치라는 점에서보다는 오히려 기존의 문학적 관례를 빠르게 습득

하는 한 조숙한 소년 시인의 모습을 극명하게 보여 준다는 점에서 그 의의가 있다고 할 수 있다.

1817년에 리체이를 졸업한 푸시킨은 페테르부르크의 외무성에 들어갔다. 그가 얻은 관직은 이름뿐인 것으로 그때부터 약 3년간 그는 방탕한 생활에 젖어들게 된다. 그러나 음주와 무절제한 생활 속에서도 그는 연애시와 풍자시 경구 등을 써 내려 갔는데 이 시기를 대표하는 작품으로는 무엇보다도 장편 서사시 〈루슬란과 류드밀라〉를 들 수 있을 것이다. 1817년에 리체이에서 씌어지기 시작하여 1820년 3월에 탈고된 이 작품은, 진실로 러시아적인 영웅시를 써야겠다는 일종의 사명감에서 씌어진 것으로, 러시아 동화와 전설, 서구의 기사 문학이 절묘하게 결합되었다는 평가와 함께 푸시킨의 시적 독창성을 최초로 입증해 준 작품이자 러시아 낭만주의의 도래를 알리는 효시가 되었다는 문학사적 평가를 받게 되는 작품이다. 푸시킨의 전기에서 항상 전설처럼 언급되어 온 주콥스키의 반응을 여기서도 반복하자면, 그것을 읽은 주콥스키는 자신의 초상화에 "승리한 제자에게 패배한 스승이"라는 구절을 적어 젊은 후

학에게 선물했다고 한다. 그러나 당시의 독자들, 특히 보수적인 구세대의 눈에 이 작품은 지나치게 방만하고 경박하고 심지어 부분적으로 문란하게까지 여겨졌고, 따라서 그에게 쏟아진 비난은 칭찬 못지않게 심각한 것이었다.

당시 비밀 정치 조직에 직접적으로 관련된 많은 문인들과 친분을 맺고 있었던 푸시킨은 진보적 문학 단체인 '푸른 램프Zelenaia lampa'의 회원으로 가입하게 된다. 그는 무르익어 가고 있는 자유주의의 분위기 속에서 〈자유Vol'nost'〉, 〈차다예프에게K Chaadaevu〉, 〈시골Derevnia〉 등, 소위 저항시와 농노제의 실상을 고발하는 경향의 시들을 썼다. 그러나 그의 모든 "혁명적인" 시들에도 불구하고 그가 비밀 조직에 실질적으로 가담했던 적은 없었다. 친구들은 그의 수다스러움과 경박함을 불신했으며 또한 정치적인 중대한 임무를 수행할 만한 배짱이 없다고 생각하여 정말 중요한 정보는 그에게 비밀로 했기 때문이다. 그러나 그의 정치시들은 어마어마한 영향력을 행사하였다. 대부분의 지식인들이 그의 시를 암송하였으며 젊은이들은 그의 시를 통해 자유 사상을 고취하였다. 필사본 형태로 손에서 손을 거쳐

유포된 그의 정치시들은 당연히 정부의 주목을 받게 되었는데, 그는 영향력 있는 선배들, 이를테면 카람진, 글린카F. Glinka의 중재 덕분에 간신히 투옥을 모면하고 대신 러시아 남부의 예카체리노슬라프(현재의 드네프로페트롭스크)로 추방되었다. 1820년 5월의 일이었다.

그의 '남부 유배' 생활은 상당히 순조롭게 시작되었다. 그는 명목상으로나마 공직을 유지할 수 있었고 다행스럽게도 그의 상관인 인조프I. Inzov 장군은 관대한 사람이었다. 따라서 유배당한 러시아 작가들에게 공통적인 축복인 글쓰기의 여가가 그에게도 찾아왔다. 그는 폭넓은 독서와 시작詩作으로 대부분의 시간을 보냈으며 아이러니하게도 그의 전 생애를 통해 가장 완벽하게 자유를 숨쉴 수 있었다. 더욱 다행스러운 사실은, 그가 병을 빙자하여 라옙스키N. Raevskii 장군 일가와 함께 카프카즈로 떠나게 되었다는 것이다. 이국적인 카프카즈는 그에게 여러 면에서 시적 영감의 원천이 되었다. 천혜의 절경과 다채로운 풍속, 거친 원주민들과 접하면서 그는 영국 낭만주의의 상징적 시인인 바이런의 시를 탐독할 기회를 가지게 되었고, 게다가 장군의 딸 마리야는 그에게 달콤한 사랑의 감정을 불러 일으켰다. 여기서 푸시킨의 소위 '바이런 시대'가 열리게 된 것은 매우 자연스러운 일이었다. 1820년 9월에 푸시킨은 상관인 인조프 장군이 베사라비아의 수도 키시뇨프로 전근됨에 따라 함께 그곳으로 옮겨갔다. 키시뇨프는 기묘한 고장이었다. 주민들은 여러 국적의 사람들이었으며, 문화니 교양이니 하는 것보다는 명랑함과 방종함과 여러 가지 사회악이 자유라는 이름으로 그곳을 지배하고 있었다. 그러나 이곳 역시 나름대로 흥미 있는 곳이었다. 여기서 그는 오를로프M. Orlov, 라옙스키V. Raevskii, 오호트니코프K. Okhotnikov 등 비밀 조직의 핵심 멤버들과 알게 되었고 또 터키의 지배에 반대하여 봉기를 준비하는 그리스 혁명 대장 입셀란테스A. Ypsilantis와도 교분을 맺게 되었다. 키시뇨프의 방종한 분위기에 응수라도 하듯 그는 성모 수태고지를 패러디한 불경하고 음란하기 짝이 없는 〈가브릴리아다Gavriliada〉를 집필하였다. 이 작품에서 그가 패러디하고 있는 것이 진정한 기독교가 아닌 사이비 신앙과 위선적인 경건주의라 해석한다 해도 그것은 여전히 예술적 가치 측면에서 푸시킨의 명성에 큰 기여를 하지는 못한 것으로 보인다. 여기서 그는 또한 바이런풍의, 그렇지만 강렬한 흡인력에 있어서는 바이런을 능가하지는 못하는 장편 서사시 〈카프카즈의 포로Kavkazskii Plennik〉(소위 〈남부 포에마〉들 중 최초의 것임)와 이국적인 공간을 배경으로 하는 〈바흐치사라이의 분수Bakhchisaraiskii fontan〉 등을 집필하였다.

푸시킨은 베사라비아에 머무는 동안 데카브리스트들의 주요 센터들 중 하나가 된 카멘카, 키예프 및 몰다비아 등지를 여행하였다. 그러다가 1823년 그는 키시뇨프보다 훨씬 문화적 전통이 깊은 오데사로 이송되었다. 바로 여기서 시인으로서의 그의 진면목이 유감없이 발휘되는데, 이때 씌어진 〈집시Tsygany〉는 비로소 바이런에 대한 단순한 모방 차원이 아닌 진정한 푸시킨식의 명료함과 개성을 보여 주는 작품이다. 그는 또 이곳에서 운문 소설 《예브게니 오네긴》의 집필을 시작하였다. 오데사에서 푸시킨은 그의 일생에서 매우 중요한 위치를 차지하는 두 명의 여성을 만나게 되는데, 아말리야 리즈니치Amaliia Riznich라는 이탈리아 여성(그녀는 세르비아 거상의 부인이었다)과 푸시킨의 상관인 보론초프M. Vorontsov 장군의 아내 옐리자베타 보론초바 백작부인이 그들이다. 전자는 그 아름다운 용모로, 후자는 지적인 감수성으로 푸시킨을 매혹시켰다. 당연한 일이겠지만 보론초프 장군에게 푸시킨은 눈엣가시 같은 존재였고 그를 없애기 위해 온갖 수단을 강구하던 장군은 마침내 덜미를 누르게 되었다. 그가 푸시킨의 서한을 검열하던 중 명백하게 무신론적인 구절을 발견하였던 것이다. 그리하여 불경죄의 오명을 쓰게 된 푸시킨은 이번에는 프스코프 현의 미하일롭스코예 마을로 추방되었다. 그곳에는 어머니의 영지가 있었다. 오데사를 떠나면서 푸시킨은 남부에서 그를 사로잡았던 낭만주의와도 작별하였다. 사실 그는 낭만주의에 걸맞은 성격은 아니었다. 그 모든 방만함과 자유에 대한 광적인 집착과 무절제한 연애에도 불구하고 그의 정신은 다른 한편으로 고전주의적 질서의 지배를 받고 있었던 것이다.

미하일롭스코예 마을에서 푸시킨은 1824년 7월부터 2년 정도 체류하였다. 푸시킨의 서한에 의하면 그를 감독하는 임무를 부여받은 감독관은 그의 아버지에게 그를 감시

할 것을 은근히 부탁했다. 푸시킨의 추방에 불같이 노여워했던 부친은 그와 일체의 의사 소통을 거부하였고, 심지어 아들을 괴물이라 부르기까지 했다. 그러나 부친과의 불화에도 불구하고 미하일롭스코예는 그에게 또 다른 독서의 즐거움을 부여했다. 이번에는 셰익스피어였다. 그는 남부 유배기에 시작했던 《예브게니 오네긴》의 집필을 계속하는 한편 셰익스피어를 탐독하였고 그 영향을 받아 사극 〈보리스 고두노프Boris Godunov〉를 집필하였다. 범속한 지주의 일상성을 소재로 한 소극적笑劇的 포에마 〈눌린 백작Graf Nulin〉도 1825년 12월에 완성하였다. 한편 미하일롭스코예에서의 생활을 좀더 견딜 만하게 만들어 준 것은 인근 트리고르스코예 마을에 거주하던 오시포바 부인P. Osipova과 그녀의 두 딸, 그리고 유모 아리나였다. 유모에 대한 애틋한 사랑을 담고 있는 유명한 〈겨울밤〉은 이 시기에 씌어졌다.

1825년 1월에는 리체이 시절의 친구 푸시친이, 4월에는 젤비그가 미하일롭스코예에 있는 푸시킨을 방문했다. 여러 가지 정황으로 미루어 이들은 푸시킨을 방문하여 러시아의 전제 정치에 반대하는 비밀 결사가 존재하고 있음을 말해 주었던 것 같다. 푸시친은 훗날에 '데카브리스트'(12월 당원)라고 불리게 될 비밀 결사의 북부 지부 대장이었던 릴레예프K. Ryleev의 호전적인 서한과 그리보예도프A. Griboedov의 〈지혜의 슬픔Gore ot uma〉을 가져왔다. 당대를 풍미하던 문인과 귀족 장교들로 구성된 이 비밀 조직은 1825년 12월 14일 페테르부르크에서 분연히 궐기하였으나 그들의 봉기는 니콜라이 1세에 의해 즉시 진압되었다. 적극 가담자 다섯 명은 교수형에 처해졌고 나머지는 시베리아와 카프카즈로 유배되었다. 문학적으로 볼 때 데카브리스트 봉기 실패의 가장 큰 손실은 훌륭한 문인들이 집필을 중단해야 했다는 점일 것이다. 푸시킨은 페테르부르크에서 일어난 봉기와 대부분 자신의 친구들이었던 데카브리스트들의 체포 유배 소식을 미하일롭스코예에서 들었다. 비록 자신은 형을 받지 않았지만 친구들의 비극적인 운명에 가슴 아파하면서 그는 《예브게니 오네긴》의 5장과 6장을 완성했으며 미하일롭스코예에서의 마지막 날은 시인의 숭고한 사명을 노래한 시 〈예언자Prorok〉를 쓰는 데 바쳤다.

푸시킨은 미하일롭스코예에서의 체류 덕분에 데카브리스트의 반란에 직접 가담할 수 없었고 결과적으로는 체포의 위험에서 벗어날 수 있었다. 물론 그의 시는 여전히 불온 문서에 해당되었고, 체포된 데카브리스트의 소지품에는 손으로 쓴 푸시킨의 시가 예외 없이 발견되었다. 그러나 반란 현장에서 멀리 떨어져 있던 그를 체포할 충분한 증거가 없었기에 당국은 그저 의심에 찬 눈길로 그를 감시하는 수밖에 없었다. 그런데 마침 1826년 9월 차르 니콜라이 1세는 추방된 시인을 모스크바로 불러들이라는 명령을 내렸다. 차르의 속셈은 자기가 앞으로 펴게 될 반동 정치의 입막음으로 가장 우수한 시인을 이용하려는 것이었다. 그리하여 시의 제왕은 권력의 제왕과 단독으로 만나게 되었다. 미하일롭스코예에서, 푸시킨 자신의 말을 빌리면, "옷을 갈아입을 겨를도 없이" 곧바로 차르 앞에 대령한 푸시킨에게 차르는 "앞으로는 분별 있게 행동하기를 바란다"고 일침을 놓은 다음 이제부터는 자신이 푸시킨의 검열관이 되겠노라고 공언했다고 전해진다. 동시에 그는 시인에게 자신이 앞으로 민주적인 행정을 펴겠노라는 공약도 잊지 않았다. 차르의 의도는 분명해졌다. 직접 시인의 검열관이 됨으로써 그는 이 위대한 시인을 사전에 묶어 두고, 그에게 은밀한 회유의 추파를 던짐으로써 대중의 눈에 시인이 자기 편이라는 인상을 주고 싶었던 것이다. 차르는 또한 저 악명 높은 '제3부서'의 의장 벤킨도르프A. Benkendorf 백작에게 푸시킨의 감시를 명하였고 이 변덕스럽고 무지한 차르의 심복은 차르와 시인의 중재자로서의 본분을 다하기 위해 푸시킨의 일거수일투족을 감시하였다. 이중의 감시 체계하에 놓인 푸시킨은 표면상으로는 자유인이었으나 수인과 마찬가지의 삶을 영위할 수밖에 없었다.

그러나 차르의 회유 정책이 아니었다 해도 푸시킨은 데카브리스트들처럼 기존 정치 질서에 반기를 들 의도는 없었다고 여겨진다. 물론 그는 자유를 그 누구보다도 희구한 시인이었지만, 엄밀히 말해서 그의 자유에 대한 관념은 혁명이라든가 정치적 행동과 맞물리는 것은 아니었다. 미하일롭스코예에서부터 시작된 그의 역사 탐구는 점차 혁명의 불가피성에 대한 의혹으로 발전하였다. 그는 어찌 되었건 러시아의 해묵은 귀족 집안 출신의, 시와 문화와 예술을 사랑한 시인이었다. 그에게 정치적 자유와 평준화와 민주화는 방만한 문화의 하향 조정을 의미할 수도 있었고 따라서 그는 점차 정치적 자유보다는 개인적 자유에 집착하게 되었다. 아마도 그가 저항 정신과 정치적 열정을 점차 누그러트리게 된 것은 미하일롭스코예에서 체류할 때부터일 것이다. 비록 황제와 단독 면담하는 자리에서 그는 "당신이 반란 현장에 있었더라면 당신도 거기 참가했을 것이냐"는 황제의 질문에 "물론 그렇다"라고 단호하게 대답하였고 또 데카브리스트에 동조하는 시들을 발표하였지만, 그의 낭만주의적이고 정열적인 시가 점차 냉정한 시로 바뀌어 갔듯이 그의 혁명적 기질과 진보적 자유주의 또한 시들해져 갔다. 그렇게 된 원인은 여러 가지가 있겠지만 무엇보다도 데카브리스트 봉기가 실패했고, 그의 문학관이 데카브리스트 시인들의 문학관과 전혀 달랐다는 점이 주된 이유였을 것이다. 시와 예술의 자유가 그에게는 정치 이데올로기보다 더 중요했던 것이다.

모스크바에서의 첫 나날은 시인에게 제법 우호적으로

지나갔다. 민중은 위대한 시인을 환호하며 맞았다. 새로운 작품들이 출판되었고 옛날 작품들은 재판되기 시작했다. 비평가들은 그에게 자못 친절했고 그의 명성은 점점 더 커졌다. 그는 〈예언자〉, 〈시인Poet〉, 〈아리온Arion〉 등의 작품에서 피력한 바 있는 시인의 소명에 충실하려고 노력하는 한편 자기의 외증조부인 아브람 한니발Abram Gannibal에 관한 소설을 쓰기 시작했고 또 절대 군주를 찬양하는 〈폴타바Poltava〉를 썼다. 그러나 이 시기의 푸시킨은 정서적으로 상당히 불안한 상태였다. 마치 모든 세속적인 일을 잊으려는 듯 수시로 모스크바와 페테르부르크를 오갔으며 미하일롭스코예와 카프카즈를 방문하는 등 쉼 없는 여행을 계속하였다.

자유에 대한 푸시킨의 열망에 결정적으로 먹구름이 끼게 한 것은 1828년 모스크바의 한 무도회에서 만난 16세의 미녀 나탈리야 곤차로바Nataliia Goncharova였다. 라파엘로의 〈마돈나〉와 놀랍도록 유사한 그녀의 미모에 감전되다시피 한 푸시킨은 다음 해 봄에 그녀에게 청혼한다. 곤차로바의 어머니는 이렇다저렇다 대답을 하지 않은 채 그 청혼을 유보시켰고, 나탈리야는 푸시킨의 열렬한 구애에 지속적으로 냉담하게 대했다. 전기 작가들은 허영심 많고 냉혹하고 속물적인 나탈리야가 푸시킨을 매혹시킨 것은 다름 아닌 그녀의 냉정함이었을 것이라고 추측한다. 그동안 푸시킨을 사랑했던 무수한 여인들이 언제나 그의 구애에 적극적으로 반응하였던 반면 나탈리야는 시종일관 냉담했고, 바로 이 점이 푸시킨을 더욱 애타게 했을 것이라는 얘기다. 이래저래 낙담한 푸시킨은 기분 전환도 할 겸 1829년 카프카즈로 떠났다. 그는 그곳에서 터키 마을 아르즈룸을 방문했다. 이때의 여행은 훗날 패러디적 기행문 〈아르즈룸 여행Puteshestvie v Arzrum〉에 기록되어 있다.

여행에서 돌아왔을 때에도 사정은 나아지지 않았다. 곤차로바 부인은 냉담하게 그를 맞아들였다. 더욱이 메시체르스키 공작이 나탈리야에게 은밀하게 애정을 표현하고 있던 상황이었으므로 부인은 오만하기 그지없었고, 이에 푸시킨은 여행 전보다도 더욱 낙담하였다. 그리하여 해외여행을 결심한 그는 감독관인 벤킨도르프에게 자기의 소망을 피력하였지만 그의 간청은 받아들여지지 않았다. 그러는 사이에 메시체르스키 공작의 구애는 시들해졌고 게다가 나탈리야에게는 지참금이 없었던 까닭에 더 나은 구혼자가 나타날 조짐도 보이지 않았으므로 곤차로바 부인은 푸시킨을 사위로 맞기로 결정했다. 마침내 푸시킨의 소망은 이루어지게 되었다. 그러나 그들의 약혼은 그의 삶을 더욱 복잡하게 만들었다. 푸시킨은 위선적이고 천박한 장래의 장모와 심각한 의사 소통의 장애를 경험했고 그들 간의 말다툼은 끊일 새가 없었다. 게다가 경제적인 문제도 만만찮았다. 곤차로바는 그야말로 무일푼인 데다가 허영심과 낭비벽까지 있었으므로 결혼 전에 푸시킨은 어느 정도의 재산을 마련해야만 했던 것이다. 사실 푸시킨이 결혼을 결정한 것은 나탈리야의 범접하기 어려운 차가운 미모 때문이기도 했지만 그때까지의 여성 편력에 종지부를 찍고 안정된 가정 생활을 영위하고자 하는 자기 내면의 소망 때문이기도 했다. 그러나 그들의 결혼은 안정과는 거리가 먼 것이었다.

푸시킨의 결혼 결정을 들은 부친은 비로소 안도하며 니즈니 노브고로드의 볼지노에 있는 영지를 결혼 자금으로 대주었다. 장모와의 말다툼 끝에 푸시킨은 머리도 식힐 겸 재정 상태를 점검도 할 겸해서 1830년 가을에 볼지노를 방문하였다. 그는 그곳에서 며칠만 머무를 예정이었으나 콜레라가 창궐하는 바람에 석 달가량 머무르게 되었다. 그리하여 전기 작가들이 말하는 "놀라운 볼지노의 가을"이 시작되었다. 여기서 그는 《예브게니 오네긴》의 초고를 완성했을 뿐 아니라 〈콜롬나의 작은 집Domik v Kolomne〉, 〈작은 비극들Malen'kie tragedii〉, 〈엘레지Elegiia〉, 〈잠 안 오는 밤에 쓴 시Stikhi sochinennye noch'iu vo vremia bessonnitsy〉, 〈나의 가문Moia radoslovnaia〉 등 탁월한 서정시들과 《고 이반 페트로비치 벨킨의 이야기*Povesti Pokoinogo Ivana Petrovicha Belkina*》, 〈고류히노 마을의 이야기Istoriia sela Goriukhina〉, 〈사제와 그의 하인 발다 이야기Skazka o pope i o rabotnike ego Balde〉 등의 산문을 집필하였던 것이다. '볼지노 가을'은 창작의 신비를 보여 주는 훌륭한 예라 할 수 있다. 미래에 대한 불안과 전염병의 위협 속에서 푸시킨은 그 어느 때보다도 치열하게 창작의 열정을 불태울 수 있었다. '볼지노 가을'의 특징은 모든 작품이 장르 면에서 각양각색이라는 점이다. 서정시, 장편 서사시, 소설, 희곡 등 그의 가을은 화려한 장르의 색실로 수놓아졌다. 특히 서정시 위주였던 그의 작품이 산문과 드라마의 양극적 대립으로 유도되었다는 사실은 주목을 끈다. 이미 1821년에 산문에 관한 의견("정확성과 간결성은 산문의 가장 중요한 미덕이다")을 피력한 바 있는 푸시킨은 10년 후에야 비로소 볼지노에서 자신의 의견을 《고 이반 페트로비치 벨킨의 이야기》와 〈고류히노 마을의 이야기〉를 통해 예술적으로 실현할 수 있었다. 그는 또한 일상적인 삶과 고상한 이상, 정열과 윤리로 대비되는 이중성의 문제를 파고든 일련의 소비극을 창작함으로써 러시아 드라마사에 지울 수 없는 한 획을 긋게 되었다.

이곳에서 그는 약혼녀와 떨어져 있음을 아쉽게 생각하기보다는 오히려 다행스럽게 생각했을 것이라고 추측된다. 그는 결혼을 하나의 숙명으로 생각했다. 나탈리야가 미모밖에는 취할 것이 없다는 것을 잘 알면서도 이미 구르기 시작한 수레바퀴처럼 결혼을 향해 치닫는 운명의 발길을 멈추게 할 수는 없었다. 볼지노에서 쓴 연애시가 나탈리야가 아닌 이탈리아에서 사망한 예전의 연인 아말리야

리즈니치에게 헌정되었다는 것은 결혼에 대한 그의 비전이 얼마나 부정적이었는가를 말해 준다.

1831년 2월에 푸시킨은 마침내 모스크바에서 혼인식을 올렸다. 신혼 부부는 모스크바에서 며칠을 보낸 뒤 차르스코예 셀로로 옮겨가 여름을 보냈다. 자기의 문학적 고향이라 할 수 있는 차르스코예 셀로에서 그는 〈오네긴의 편지〉를 집필함으로써 마침내 운문 소설에 종지부를 찍었다. 그리고 그해 가을에 페테르부르크에 정착하였다. 신혼 생활은 처음엔 그다지 나쁘지 않았다. 그는 심지어 "행복하다"고 느끼기까지 했다. 1832년 5월에는 첫딸 마리야가 태어났고 1833년 7월에는 둘째 딸 알렉산드라가 태어났다. 그러나 신혼의 행복은 나탈리야의 사치와 남편의 시적 천재성에 대한 무관심으로 인해 점차 악몽으로 바뀌어 갔다. 나탈리야는 그 미모로 사교계의 여왕이 되었고 날이면 날마다 야회와 무도회를 전전하며 명사들에게 교태를 부렸다. 물론 이 모든 사치에 대한 비용은 푸시킨이 충당해야 했다. 그는 돈을 벌기 위해 집필을 해야 했지만 집필을 하기 위한 시간적 여유도, 정신적 안정도 그에겐 주어지지 않았고, 빚쟁이의 독촉은 날이 갈수록 심해졌다. 그런 와중에도 그는 새로이 샘솟는 18세기 러시아 역사에 대한 지적 호기심을 충족시키려 애썼다. 1831년에 그는 고문서국에서 작업해도 좋다는 허락을 받았으며 '사료 편찬관'이라는 관직을 받아 표트르 시대의 역사 편찬에 손을 댔다. 차르는 이러한 특혜를 통해 더더욱 푸시킨을 자신에게 예속시키고자 했다.

1831년은 정치적으로 매우 불안한 해였다. 콜레라 창궐로 인한 민중 봉기가 심각한 사회 문제가 되었으며, 폴란드와의 분쟁은 유럽과 러시아 간의 관계를 악화시켰다. 이러한 상황에 직면하여 푸시킨은 오로지 강력한 정부만이 러시아의 구원을 보장해 줄 수 있다고 생각했으며 그러한 사상을 반영하는 〈성스러운 무덤 앞에 서서Pered grobnitseiu sviatoi〉와 〈러시아를 비방하는 이들에게Klevetnikam Rossii〉를 썼다. 이들 시는 독자들에게 시인의 정치적인 변절로 받아들여졌고 푸시킨의 인기는 유럽과 러시아에서 땅으로 곤두박질쳤다. 아이러니하게도 푸시킨은 다른 한편에서 언론인 불가린F. Bulgarin으로부터 자유주의와 급진주의

사상을 젊어서부터 품고 있었다는 비난을 받았다. 신문 《북방의 벌*Severnaia pchela*》과 잡지 《조국의 아들*Syn Otechestva*》의 발행인이었던 불가린은 푸시킨이 잡지를 발행할지도 모른다는 불안감에서, 그리고 그가 젤비그의 《문학 신문 *Literaturnaia gazeta*》에 참여하고 있는 것이 못마땅해서 그를 비방했다. 어용 언론인이었던 그는 푸시킨과 정부의 관계가 우호적인 것에 경각심을 느꼈던 것이다. 푸시킨은 〈나의 가문〉 및 일련의 경구를 통해 불가린의 철면피한 행동에 일침을 놓았다.

1830년대는 푸시킨에게 있어 산문의 시대라 할 수 있다. 서정시보다는 산문이 그의 창작을 지배하기 시작했다. 앞에서 말한 《벨킨 이야기》를 비롯해 전통적인 모험소설의 골격을 갖춘 미완성 소설 〈두브롭스키Dubrovskii〉(1832-1833)가 이때 씌어졌으며 또한 푸가초프 반란에 관한 역사 소설을 쓰려는 생각이 그를 강력하게 사로잡았다. 그리하여 그는 자신의 산문적 비전에 근거를 제공하기 위해 1833년 볼가 강 유역과 우랄 지방을 여행했다. 이곳에서 그는 책으로 접할 수 없었던 생생한 현장 정보를 얻었을 뿐 아니라 18세기 농민 전쟁(1773-1775)에 참가했던 사람들을 직접 만나 볼 수 있었고, 또 푸가초프 반란에 관한 민간 전승과 야사 등을 들을 수 있었다. 그는 그해 가을 페테르부르크로 돌아오는 길에 다시 볼지노에 들렀다. 여기서 그는 오랜만의 평화와 고독을 만끽할 수 있게 되었고 또다시 창작에 몰두하였다. 볼지노에서 보낸 10월부터 11월까지의 약 6주간은 그의 생애에서 마지막으로 주어진 온전한 집필 시간이었다. 그 시기는 비록 짧았지만 1830년의 '볼지노의 가을' 못지않게 생산적인 '제2의 볼지노의 가을'이었다. 그는 단편소설의 정수라 할 수 있는 〈스페이드의 여왕Pikovaia dama〉을 쓰기 시작했고 푸가초프 반란에 관한 역사물인 〈푸가초프 반란사Istoriia pugachevskogo bunta〉를 탈고하는 한편 민담 〈어부와 물고기 이야기Skazka o rybake i rybke〉를 썼으며 포에마 〈안젤로Andzhelo〉, 서사적 포에마의 절정이라 할 수 있는 〈청동 기마상Mednyi vsadnik〉의 초고를 완성하였다. 이 시기의 창작열과 시인의 심리적 상태는 연작시 〈가을Osen'〉에 반영되어 있다.

1833년 11월 푸시킨은 페테르부르크로 돌아왔다. 페테르부르크는 그에게 환멸만을 주었다. 1826년에 그를 단독으로 면담하는 자리에서 황제가 그에게 약속했던 정치 개혁과 농민 문제의 해결은 이행되지 않았고, 귀족들은 안이한 삶을 영위하고 있었다. 푸시킨의 마지막 3년은 환멸과 절망, 그리고 지적인 의사 소통의 단절로 점철되었다. 그의 불안한 삶을 더욱 불안하게 만들기라도 하듯이 경박한 아내의 새로운 연인으로 이번에는 황제가 등장하였다. 황제는 나탈리야의 미모에 노골적인 추파를 보내기 시작했으며 그녀를 궁중에 잡아 놓기 위해 1834년 1월 1일자로 푸시킨을 '시종보'에 임명하였다. 10대 소년에게나 합당한 이 직책은 30대의 위대한 시인에게는 명백한 모욕이었다. 그의 임무란 광대 같은 제복을 입고서 아름다운 부인을 궁정 연회에 모시고 가는 일이었으므로 누구의 눈에도 그가 황제의 어릿광대로 전락한 것이 확실해졌다. 이 사건에서 황제의 역할은 이중적이었다. 그는 아름다운 나탈리야를 코앞에서 감상하는 한편 반동 정책을 강화시키기 위해 젊은 급진주의자들의 우상이 될 수도 있었을 푸시킨을 시종으로 전락시켰던 것이다. 그러는 사이에도 빚은 눈덩

이처럼 불어났다. 그는 친지들과 고리대금업자의 돈을 빌려 썼을 뿐 아니라 국고의 돈까지 차용했다. 따라서 시종보의 자리가 아무리 치욕스러워도 관직에서 떠나기도 어려운 처지가 되고 말았다. 그에 대한 정부의 눈초리는 점점 사나워져 〈청동 기마상〉은 출간이 금지되었고 고문서국에서의 작업 허가는 취소되었다. 그는 직업 작가로서 돈을 벌어야 했고 따라서 1834년 말부터 1835년 초까지 《예브게니 오네긴》의 완결본과 시집, 단편집 등을 출간하였다. 그러나 비평가들은 입을 모아 푸시킨의 재능이 퇴화했음을, 이제 그의 시대는 지나갔음을 외쳐 댔다. 실제로 볼지노에서 보낸 1834년 가을(세 번째이자 마지막인 볼지노 가을)과 미하일롭스코예에서 보낸 1835년 가을은 신통치 않아 보였다. 그러나 비평가들은 푸시킨이 새로운 국면에 접어들고 있음을 눈치 채지 못했다. 그들은 푸시킨이 장르와 형식의 실험을 꾀하고 있으며 또 다른 위대한 작품이 준비 중에 있다는 사실을 모르고 있었던 것이다.

한편 오랫동안 꿈꿔 오던 문학 잡지의 발행이 1836년에 허가되었다. 그러나 정치적 뉴스는 다룰 수 없고 월간지가 아닌 계간지여야 한다는 단서가 붙어 있었다. 그는 잡지의 제목을 《현대인*Sovremennik*》으로 정하고 창간호에 일종의 우회적인 제스처로서 〈표트르 1세의 주연Pir Petra Pervogo〉을 게재하여 황제에게 정치범의 석방을 호소하였다. 잡지는 푸시킨의 모든 노력에도 불구하고 실패였다. 수준 높은 문학지에 대중은 냉담하였다. 잡지 발행을 통해 재정난을 완화시키려 했던 푸시킨에게 잡지는 출판 비용과 원고료도 마련해 주지 못했다. 그래서 푸시킨은 잡지의 반 이상을 자신의 작품으로 채워야 했다. 역사 소설과 민담을 절묘하게 결합시킨 그의 장편 《대위의 딸*Kapitanskaia dochka*》도 《현대인》에 처음으로 발표되었다. 1836년에 씌어진 〈시간이 되었소 친구여, 시간이…!Pora moi drug, pora…!〉는 이 시기의 그의 마음을 가장 잘 표현한 것으로 보인다.

한편 사교계의 여왕으로서 그 명성이 절정에 이른 나탈리야는 새로운 염문을 가지고 푸시킨을 괴롭히기 시작했다. 페테르부르크 주재 네덜란드 공사 헤케른L. Heckeren 남작의 양자로 입적된 프랑스인 단테스G. d'Anthès는 잘생긴 용모를 무기 삼아 페테르부르크 살롱계를 휘젓고 다녔는

데, 자신의 여성 편력에 화려한 장식을 더해 주고 싶었던지 나탈리야에게 집요하게 구애를 하고 있었던 것이다. 단테스와 나탈리야의 염문은 여러 가지 억측을 불러일으켰지만 고전적인 해석은 두 가지로 요약된다. 우선 그의 양아버지인 헤케른이 양아들의 인기를 질투한 나머지 나탈리야에 대한 그의 구애를 은근히 부추겼다는 설이 있다. 그의 속셈은 간단했다. 나탈리야의 남편이 그 사실을 알게 되어 자신의 양아들을 제거해 주기 바랐던 것이다. 두 번째 추측은 두 사람의 염문이 교묘하게 조작된 시나리오라는 것이다. 즉 나탈리야와 황제의 불륜을 덮어 주기 위한 일종의 눈가림이었다는 얘기다.

어찌 되었건 아내의 불륜을 은밀히 암시하는 익명의 투서가 푸시킨과 그의 친지들에게 날아들기 시작했다. 단테스를 이전부터 의심해 오던 푸시킨은 그에게 결투를 신청했다. 헤케른은 사태가 심상치 않음을 인식하고 아들에게 의심을 불식시키기 위한 미봉책으로 나탈리야의 동생 카테리나와 결혼할 것을 종용했다. 마침내 단테스는 카테리나와 결혼했다. 그러나 머지않아 그 결혼은 나탈리야에게 더욱 가까이 접근하려는 의도를 덮어 준 또 다른 눈가림이었음이 밝혀졌고, 그와 나탈리야의 밀회를 알게 된 푸시킨은 다시 결투를 신청했다. 이번에는 그 어떤 눈가림도 결투를 저지할 수 없었다. 1837년 1월 26일 그는 헤케른에게 그들 부자의 "불미스럽고 철면피한" 행동을 준엄하게 나무라면서 더 이상 그들의 방종을 묵과할 수 없다는 내용의 편지를 프랑스어로 써서 보냈다. 그리고 다음 날인 1837년 1월 27일 결투는 거행되었다. 그날 아침 푸시킨은 여느 때와 마찬가지로 창작과 잡지 편집에 관한 일들로 분주하였다. 그의 심신은 평온하였다. 그날 아침에 그는 최후의 서한이라 할 수 있는 이시모바A. Ishimova에게 보낸 편지에서 《현대인》에 게재할 영국 작가 배리 콘월Barry Cornwall의 작품을 번역해 달라고 요청하기까지 했다. 그는 자신의 죽음을 전혀 예상하지 않고 있었던 것이다.

그러나 결투는 그에게 치명적인 상처를 입혔고, 부상당한 그는 즉시 집으로 옮겨졌다. 유명한 의사 아렌트가 달려왔다. 진실을 알려 달라는 시인의 요청에 의사는 솔직히 그가 죽을 것임을 말해 주었다. 그의 동료 문인들인 주콥스키, 뱌젬스키, 오도엡스키V. Odoevskii, 비옐고르스키Biel'gorskii, 투르게네프A. Turgenev가 소식을 듣고 달려왔으며 그의 아내는 여성다움을 과시라도 하듯 수시로 기절을 하였다. 수천 명의 시민이 그의 집 주변에 모여들었으며 병세에 관해 주콥스키가 문에 붙여 놓은 용태서를 읽느라 아우성을 쳤다. 푸시킨은 리체이 시절의 친구인 푸시친에게 작별 인사를 하지 못함을 아쉬워했으며 임종을 앞에 두고서 아내의 무고함을 믿는다는 말을 하면서 그녀를 위로해 주었다. 황제는 그에게 병자성사를 받을 것과 기독교인으로서 이승을 떠날 것을 명하는 지령서를 보냈다. 1837년 1월 29일 오후 2시 45분경에 러시아가 낳은 가장 위대한 시인 알렉산드르 세르게예비치는 조용히 눈을 감았다.

시인과 마지막 작별 인사를 나누려는 사람들로 그의 집은 인산인해를 이루었다. 푸시킨의 죽음이 단순한 개인의 죽음이 아닌 심각한 민족적 손실로 받아들여질 기미가 보이자 차르 정부는 긴장했다. 그의 죽음에 대한 책임을 추궁하며 단테스(그는 어쨌든 외국인 아닌가!)를 비난하는 지식층의 목소리에 사교계는 전전긍긍했으며 황제 또한 불안을 느꼈다. 황제는 거국적 시위를 두려워한 나머지 그의 장례식을 성 이삭 성당도 아니고 부고장에 기록된 해군성 부속 성당도 아닌 황실 마구간 부속 성당에서 치르도록 명령했다. 그래서 결국 민중의 집결은 이루어지지 않았다. 가족과 친지, 그리고 경비병과 관리들만이 참석한 초라한 장례식이었다. 그날 밤 고인의 시신은 옹색한 썰매에 실려 지푸라기로 덮인 채 삼엄한 경비 속에서 비밀리에 프스코프 현 미하일롭스코예 근방의 스뱌토고르스키 수도원으로 이송되어 즉시 그곳에 매장되었다. 황제의 명에 따라 그의 서재는 샅샅이 수색되었고 조금이라도 불미스러운 기미가 보이는 기록들은 "고인에게 누를 끼칠지도 모른다"라는 이유로 모조리 압수, 파기되었다. 안타깝게도 주콥스키는 고인과 가까웠으므로 이 치욕스러운 압수 수색 과정에 배석해야만 했다.

황제는 푸시킨의 미망인과 자식들에게 섭섭하지 않은 금전적 보상을 해 주었다. 몇 해 후 나탈리야는 란스코이 장군과 재혼하여 비교적 행복한 여생을 보냈다고 전해진다. 헤케른과 그의 양아들은 러시아를 떠나 오히려 전보다 훨씬 명예스러운 삶을 영위하였다. 헤케른은 외교관으로서 승진을 거듭했으며 단테스 또한 파리에서 정치가로 이름을 날렸다. 시인의 죽음은 엄청난 결과를 초래했다. 경솔하고 천박한 사교계 명사들을 제외한 모든 학생들, 문인들, 지식인들, 예술가들이 그의 죽음을 애도하였다. 시인 오도옙스키는 "러시아 시의 태양은 지고 말았다"라는 내용의 추도문을 발표했고 그로 인해 문화상의 질책을 받아야 했다. 당시 아직 무명의 시인이었던 레르몬토프는M. Lermontov는 〈시인의 죽음에 부쳐Na smert' poeta〉를 통해 그의 죽음에 책임이 있는 사교계와 궁정을 준엄하게 비난하였다. 그 결과 그는 체포되었고 카프카즈로 유배당했다. 정부는 혹시라도 유언비어나 시인의 죽음에 관한 모종의 불온 문서가 유포될까 봐 촉각을 곤두세웠다. 정부의 축소 및 은폐 정책에도 불구하고 《예브게니 오네긴》은 순식간에 매진되었고, 사람들은 《예브게니 오네긴》의 마지막 행들을 새로운 시각으로 이해하게 되었다. 그의 시는 입에서 입으로 전 러시아에 전해져 암송되기 시작했고, 그의 삶과 죽음에 대한 새로운 해석과 주석이 전국에 물결쳤다. 그의 생전에 실패를 거듭했던 《현대인》은 그의 친구인 플레트뇨프P. Pletnev의 손으로 넘어갔다가 나중에 유명한 시인 네크라소프N. Nekrasov가 편집장이 되면서부터 19세기 러시아의 가장 영향력 있는 문학지로 성장하였다. 벨린스키V. Belinskii, 체르니솁스키N. Chernyshevskii 등의 급진적인 사상가들이 《현대인》의 성격 형성에 참여했으며 톨스토이L. Tolstoi, 곤차로프I. Goncharov, 투르게네프I. Turgenev, 오스트롭스키A. Ostrovskii 등 당대의 쟁쟁한 문인들이 대거 필진으로 참여했다.

푸시킨이 러시아 문학과 예술에 끼친 영향을 제대로 설명하려면 한 권의 책으로도 부족할 것이다. 단지 피상적인 몇 가지 사례만을 거론하자면, 글린카F. Glinka의 〈루슬란과 류드밀라〉, 무소륵스키M. Musorgskii의 〈보리스 고두노프〉, 차이콥스키P. Chaikovskii의 〈예브게니 오네긴〉, 〈스페이드의 여왕〉, 스트라빈스키I. Stravinskii의 〈마브라Mavra〉(〈콜롬나의 작은 집〉을 오페라로 만든 것임)는 음악을 통한 그의 불멸성의 확인이라고 할 수 있고, 차르스코예 셀로에 붙여진 '푸시킨 시市', 푸시킨러시아문학연구소(일명 '푸시킨의 집')와 푸시킨 박물관, 푸시킨 거리, 푸시킨 기념비와 동상들, 푸시킨 학회 등은 푸시킨의 존재를 가시적으로 느끼게 해 주는 사례라 할 수 있다. 아직도 라디오 모스크바에서는 푸시킨의 시가 낭송되고 있고 아직도 어디선가 누군가는 푸시킨을 읽거나 푸시킨을 연구하고 있다. 푸시킨의 작품에 나오는 많은 구절들이 러시아의 격언이 되었으며 아직도 사람들은 푸시킨을 암송하는 것을 자연스럽게 생각한다. 그러나 푸시킨이 가장 큰 영향을 미친 대상은 문인들이었다. 고골N. Gogol', 투르게네프, 도스토옙스키F. Dostoevskii 등 19세기의 대표적인 문인들이 정서적으로, 혹은 직접적인 텍스트 차용을 통해서 푸시킨을 계승하였으며, 벨리A. Belyi를 비롯한 상징주의자들, 아흐마토바A. Akhmatova, 만젤시탐O. Mandel'shtam과 츠베타예바M. Tsvetaeva, 심지어 모든 19세기 작가들을 〈현대성의 기선〉에서 던져버리자고 외쳤던 마야콥스키V. Maiakovskii까지, 또한 나보코프V. Nabokov, 소콜로프S. Sokolov, 비토프A. Bitov 등 가장 실험적인 소설가들에 이르기까지 대부분의 현대 작가들이 푸시킨을 자신의 정신적 지주이자 스승으로 간주하였다. 그가 〈나는 내 기념비를 세웠다Exegi Monumentum〉에서 예언했던 모든 것이 단 한마디도 틀리지 않고 실현되었던 것이다.

나는 내 기념비를 세웠다. 기적의 손으로
하여 그리로는 군중의 발길 끊이지 않으니
알렉산드르 첨탑보다 더 높이
　　꼿꼿한 머리 치켜들고 서 있다.

아니, 나는 죽지 않으리, 소중한 리라에 담긴 혼
내 육체보다 오래 살아 썩지 않으리
이 세상에 단 한 명의 시인이라도 살아 있는 한
　　나는 영광스레 빛나리.

나의 명성 위대한 러시아 곳곳에 퍼져
이 땅에 사는 모든 민족 제 언어로 나를 부르리
긍지에 찬 슬라브의 후예도 핀 족도
　　지금은 미개한 퉁구스족도 초원의 벗 칼미크 인도.

나 오래도록 민중의 사랑 받으리라
리라로 선한 감정 일깨우고
이 가혹한 시대에 자유를 찬양하고
　　스러진 자에게 자비를 베풀라 외쳤으므로.

오 뮤즈여, 신의 뜻에 따르라
모욕을 두려워 말고 월계관 청하지 말고
칭찬과 비방을 초연하고 무심하게 받아들이고
　　어리석은 자와 다투지 마라.

모든 것을 포용하는 보편성

푸시킨의 작품 세계는, 도스토옙스키의 표현을 빌리자면 "모든 것을 포용하는 보편성"으로 설명될 수 있다. 그는 약 20년 동안의 창작 기간에 700여 편에 이르는 서정시, 〈루슬란과 류드밀라〉 같은 의사擬似 영웅시, 바이런적이고 낭만주의적인 소위 〈남부 포에마〉, 희극적인 포에마 〈눌린 백작〉, 영웅 서사시 〈폴타바〉, 민담 〈황금 수탉 이야기〉, 단편 〈스페이드의 여왕〉, 단편 모음《고 이반 페트로비치 벨킨의 이야기》, 장편소설《대위의 딸》, 희곡〈보리스 고두노프〉, 〈작은 비극들〉, 역사물 〈푸가초프 반란사〉, 평론, 기행문 등 기존하는 모든 장르를 섭렵하였으며 거기에 그치지 않고 '운문 소설'이라는 새로운 장르를 개발하였다. 각 작품은 해당 장르의 영역에서 오늘날까지 전범으로 간주될 만큼 완벽한 예술적 가치와 시대를 앞서가는 작가의 실험 정신을 보여 준다. 그의 빛나는 창조 의식은 고정된 문체론적 규범과 장르적 경계선을 끊임없이 파괴하였고, 그리하여 개별적인 텍스트들은 항상 새로운 도전과 새로운 가능성을 향해 열려 있게 되었다.

푸시킨의 '보편성'은 또한 문학적인 모든 주의主義와 사조의 수용에서 드러난다. 그의 작품 속에는, 당시에는 이미 낡은 사조가 되어 있었던 고전주의와 주콥스키, 카람진 등이 러시아 문학에 이식시킨 서구적 낭만주의 그리고 19세기 중반부터 러시아 문학계를 지배하게 될 사실주의 모두가 스며들어 있다. 비록 그가 활동했던 시기가 문학사적으로 러시아 시의 황금 시대, 낭만주의 시대 등으로 정의되긴 하지만 그는 한 가지 사조로는 설명될 수 없다. 고전주의적인 엄격한 질서와 단아한 문체, 낭만주의적인 열정, 사실주의적인 핍진성逼眞性은 모두 함께 어우러져 그의 작품 세계를 문자 그대로 문학의 소우주로 만들어 준다. 그러나 동시에 그는 이러한 문예 사조들을 끊임없이 패러디화하고 기존 문예 사조의 관례에 도전함으로써 사조 간의 경계선을 또다시 파괴한다. 고전주의적인 질서와 장엄한 수사가 수용되는 동시에 그 경직성은 조롱당하고, 낭만주의적인 감정의 폭발이 수용되는 동시에 그 진부함과 방만함은 배척당한다. 사실주의적인 명료함과 현실 인식은 수용되는 반면 그 정서적 척박함은 부정된다. 이렇게 그의 작품 세계는 모든 것을 받아들이는 동시에 모든 것을 부정하는 이중적인 보편성을 지향한다.

푸시킨의 보편성을 말함에 있어 빼놓을 수 없는 것은 러시아적인 것과 외래적인 것의 절묘한 혼합이다. 러시아의 피와 아프리카의 피가 섞인 그의 혈통은 이러한 의미에서 상징적으로 여겨진다. 주지하다시피 그는 어려서부터 프랑스 문화를 받아들이며 자라났고 또 그의 습작시들은 프랑스어로 씌어졌다. 이러한 외래 문화와의 접촉은 점차 성숙되어 이후 푸시킨의 작품에 반영된다. 그리스 로마 신화에서부터 영국 문학, 프랑스 문학, 독일 문학, 이탈리아 문학에 이르는 다양한 서구 문학과 전통은 때로는 패러디와 논쟁의 형태로, 때로는 영향사적 자취의 형태로 그의 작품 속에 깔려 있다. 그러나 이 모든 "타자의 것"은 푸시킨의 독특한 변형 메커니즘을 거치면서 완벽하게 "나의 것"으로 재창조된다. 거기에 러시아 구전 문학에 대한 그의 애정이 혼합되면서 그의 문학은 가장 이국적인 것에서 가장 토속적인 것, 가장 고상한 것에서 가장 일상적인 것의 극과 극을 한꺼번에 수용할 수 있게 된다. 마치《예브게니 오네긴》의 여주인공 타티야나가 그 모든 서구 문학 작품을 읽었음에도 여전히 "러시아적 정서로 가득 찬" 여자인 것처럼 그의 작품은 그 모든 서구적 감화에도 불구하고 러시아의 혼으로 충만해 있는 것이다.

현대의 상호 텍스트성 이론의 관점에서 볼 때 푸시킨의 텍스트는 다양한 문화적 · 미학적 담화들이 교차하는 공간이라 할 수 있다. 그는 끊임없이 제르자빈, 로모노소프M. Lomonosov, 드미트리예프I. Dmitriev, 주콥스키, 젤비그 등 러시아의 선배 시인들 및 동시대 시인들과 대화하는 한편, 셰익스피어, 버니언, 바이런, 파르니, 셰니에, 괴테, 실러, 단테, 핀데몬테, 호라티우스, 호메로스, 오비디우스 등 서유럽의 고전 및 동시대 작가들과 자유자재로 논쟁하고 게임을 벌이고 한 수 배우기도 한다. 푸시킨의 이러한 왕성한 대화는 후대의 작가들에게 전해져 그들에게 또 다른 대화의 가능성을 열어 준다. 약간의 과장을 허용한다면 푸시킨 이후의 모든 러시아 문학 텍스트는 푸시킨과의 대화라고 말할 수 있을 것이다.

그리고 아무 일도 일어나지 않았다

—《고故 이반 페트로비치 벨킨의 이야기》

푸시킨은 1830년 가을 볼지노에 머무르는 동안 다섯 편의 단편을 집필하여 이듬해 봄에 폴레보이N. Polevoi에게 보냈다. 푸시킨의 산문 중 가장 먼저 완성되어 세상에 나오게 된 이 단편들은 《고故 이반 페트로비치 벨킨의 이야기》(흔히 《벨킨 이야기》로 줄여서 언급된다)라는 제목하에 1831년 10월에 출판되었다.

《벨킨 이야기》를 구성하는 다섯 편의 이야기들, 즉 〈마지막 한 발Vystrel〉, 〈눈보라Metel'〉, 〈장의사Grobovshchik〉, 〈역참지기Stantsionnyi smotritel'〉, 〈귀족 아가씨—시골 처녀Baryshnia-krest'ianka〉는 '문학적 실험'이라고 하는 공통 분모에 의해 하나로 묶인다. 푸시킨의 실험은 '프레임', 혹은 '액자 소설'의 장치에서부터 시작된다. 푸시킨은 자기가 쓴 이야기에 여러 명의 화자를 겹겹이 배치시키고 자기 자신은 편집자 A. P.라는 이니셜 뒤에 숨음으로써 저자와 텍스트 간의 거리를 확고하게 만든다. 우선 다섯 편의 이야기를 수집한 인물로서 벨킨이라고 하는 허구의 인물이 선정되고, 각 이야기를 벨킨에게 전해 준 인물들, 그러니까 화자들의 이름과 직업이 소개된다. 〈마지막 한 발〉은 육군 중령 I. L. P.가, 〈눈보라〉와 〈귀족 아가씨—시골 처녀〉는 K. I. T.라는 처녀가, 〈장의사〉는 점원 B. V.가, 〈역참지기〉는 9등 문관 A. G.

N.이 벨킨에게 이야기해 준 것이다. 그러나 본문과 저자간의 거리를 확장시키는 장치는 여기에 그치지 않는다. 독자는 이야기 자체에 들어가기에 앞서 '편집자'의 말, 그리고 이름 밝히기를 거부한 벨킨의 친구가 '편집자'에게 보내온 편지, 더 나아가 각 이야기 앞에 붙여진 일련의 제사들을 거쳐야 한다. 이렇게 여러 겹의 프레임 안에 속한 각각의 이야기들은 적어도 외관상 푸시킨, 즉 저자로부터 완전히 분리되어 순수한 객관성을 유지하게 되고, 푸시킨 자신은 중립적인 편집자의 가면을 쓰고 가상의 혹은 실제의 논평으로부터 자유롭고 안전하게 내러티브 자체에 대한 실험은 물론이고 그가 이전부터 그토록 즐겨 온 독자와의 게임을 마음껏 진행할 수 있는 것이다. 여러 명의 화자를 도입하는 장치는 당시 러시아 독자들 사이에서 엄청난 인기를 끌고 있던 월터 스콧W. Scott에게서 빌려 온 것이라고 추정된다. 그러나 월터 스콧의 화자들이 독자에게 단순히 내레이션의 다양성을 선사한다면 푸시킨의 벨킨과 벨킨의 친구, 편집자, 일련의 화자들은 내레이션 자체에 대한 저자의 관심을 반영해 주는 동시에 기존하는 문학에 대한 패러

디를 정당화시켜 주는 역할까지 한다.

가상의 이야기 채록자 벨킨에 대한 푸시킨의 태도는 이중적이다. 요컨대 푸시킨은 벨킨이 실존 인물이었다는 사실을 강조하는 한편 그의 성격이나 본성을 가급적 모호하게 만들려고 노력한다. 우리는 주석과 편지까지 삽입된 〈편집자의 말〉을 읽으면서 《벨킨 이야기》는 실존하는 인물 벨킨이 실존하는 사람들로부터 채록한 이야기집이라는 사실을 믿고 싶어진다. 그러나 벨킨에 관한 진술 부분은 익살과 자가 당착적인 발언으로 가득 차 있어 우리를 어리둥절하게 만든다. 편집자은 죽은 벨킨에 관한 정보를 얻기 위해 그의 가장 가까운 친척에게 도움을 청하지만 소위 가장 가까운 친척이란 사람은 고인과 "일면식도 없었던" 것으로 밝혀진다. 또 그의 가장 친한 친구였다고 하는 "훌륭한 신사"는 "고인에 관한 자세한 자료"를 전달해 준답시고 편지까지 보내오지만 그의 편지는 희극적인 잡담으로 가득 차 있을 뿐 정작 고인에 관한 정보는 매우 빈약하고 모순적이다. 가령, 그의 편지에 의하면 벨킨은 무절제를 멀리했지만 동시에 여자들을 꽤나 좋아하는 편이었다.

또 벨킨이 감기에 걸렸을 때 그를 치료한 의사는 "티눈 같은 것을 고치는 데 용한 의사"였다. 그러므로 우리는 이 신사가 말하고자 하는 것이 무엇인지, 즉 벨킨이 심한 병에 걸려 죽었다는 것인지 의사를 잘못 만나 죽었다는 것인지 알 도리가 없다. 그는 문학을 좋아한 사람으로 그려지지만 마을 이름 하나 지어내지 못할 정도로 상상력이 부족하다. 마지막으로 푸시킨은 폰비진D. Fonvizin의 희극 〈미성년 Nedorosl'〉을 제사로 인용함으로써 벨킨의 "러시아 문학과 독서"에 대한 취미를 무無로 돌린다. 극중에서 프로스타코바 부인과 그녀의 남동생 스코티닌이 나누는 대화의 내용, 즉 스코티닌과 그의 조카 미트로판이 모두 이야기를 좋아했다는 것은 벨킨의 문학적 취향과 맞물리는 것처럼 들린다. 그러나 문학에 대한 벨킨의 열정은 우둔한 미트로판이나 짐승 같은 스코티닌의 취미에 비유될 때 즉각적으로 진지한 의의를 상실할 수밖에 없다. 결국 푸시킨이 내세운 이야기꾼 벨킨은 이것도 저것도 아닌, 실존 인물인 "것처럼" 느껴지지만 사실은 "아무도 아닌" 인물로 드러나게 된다. 벨킨의 이러한 특성이야말로 저자(푸시킨을 일체의 책임으로부터 보호해 줌과 동시에 저자) 푸시킨의 흔적을 책에 남겨 놓아 줄 수 있는 이중의 장치인 것이다.

거창하게 시작된 〈편집자의 말〉이 벨킨에 대한 독자의 기대를 무산시키듯이 그 뒤에 이어지는 다섯 편의 이야기들도 모두 어떤 식으로든 독자의 기대를 무산시킨다. 《벨킨 이야기》의 참신성은 바로 이러한 기대치의 무산에서 비롯된다고 해도 과언이 아니다. 그러면 다섯 편의 이야기를 조금 자세히 검토해 보자.

〈마지막 한 발〉은 낭만적이고 순진한 어느 퇴역 군인이 화자로 등장하여 자기가 군대에서 만난 실비오라는 인물에 관해 들려준 이야기이다. 화자는 사격의 명수 실비오에게 엄청난 매력을 느낀다. 실비오에게는 무언가 알 수 없는 신비하고도 악마적인 기운이 감돌기 때문이다. 실비오는 언젠가 젊은 귀족과 결투를 한 적이 있었는데 귀족이 총구 앞에서 버찌를 먹을 정도로 방자하게 처신하는 것을 보고 "마지막 한 발"을 유보시킨다. 그는 자신의 원수가 결혼을 한다는 소식을 전해 듣고는 전에 유보시킨 그 한 발을 쏘기 위해 떠나간다. 몇 년 후 화자는 퇴역하여 영지로 돌아가는데 어느 날 그 영지에 젊은 백작 내외가 찾아온다. 그 젊은 백작은 바로 실비오의 원수였던 사람으로 화자에게 실비오와의 재회에 관해 이야기해 준다. 실비오와 백작은 다시 결투를 했으나 백작의 아내가 개입하는 바람에 실비오는 마지막 한 발을 벽에 걸린 그림에다 쏘고는 사라졌다는 것이다.

이 이야기는 결투에 관한 바라틴스키와 베스투제프 마를린스키A. Bestuzhev-Marlinskii의 작품을 제사로 인용하므로 독자는 낭만주의적인 결투가 이야기의 내용이 될 것이라고 기대한다. 게다가 어딘지 소설의 주인공 같은 실비오, 그를 둘러싼 신비한 광기, 악마주의적인 분위기 때문에 한 판의 멋진 복수극을 예견하게 된다. 그러나 결국 독자가 기대하는 바의 그런 복수극은 일어나지 않으며 사격의 명수라고 자타가 공인하는 실비오는 그림에 총알 자국을 만들어 놓은 것 외에는 한 발의 총알도 쏘지 않고 퇴장한다. 독자는 제사를 제공해 준 낭만주의 작가들, 그리고 소설깨나 읽었음 직한 어수룩하고 감상적인 화자의 말솜씨에 말려들어 낭만주의 문학에 종종 등장하는 극적인 결투 이야기를 예상하지만 이야기가 끝났을 때야 비로소 "마지막 한 발"의 중심에 있는 것은 실비오와 백작 간의 결투(게임)가 아니라 푸시킨과 낭만주의 문학, 혹은 낭만주의 문학에 젖어 있는 독자와의 은밀한 게임이었다는 사실을 깨닫게 된다.

두 번째 이야기 〈눈보라〉 역시 비슷한 결말로 우리를 이끌어 간다. 지주의 딸 마리야 가브릴로브나는 블라디미르라는 가난한 청년을 사랑하게 되는데 부모의 반대에 부딪치자 두 사람은 몰래 도망쳐 외딴 교회에서 결혼식을 올리기로 한다. 어느 눈보라치는 밤 마리야는 블라디미르와 만나기로 한 교회에 가지만 눈보라로 인해 길을 잃은 블라디미르는 약속 시간에 맞춰 오지 못하고 대신 지나가던 취객이 교회에 들른다. 신랑을 기다리던 일행은 눈을 뒤집어쓴 이 청년을 신랑으로 오해하고 청년 역시 별생각 없이 장난삼아 신랑인 척한다. 자신의 곁에 선 청년이 블라디미르가 아니라는 걸 알게 된 순간 마리야는 기절하고 하녀의 도움으로 그날 밤 아무도 몰래 다시 집으로 돌아온다. 블라디미르는 전쟁에 나가 사망하고 몇 년 뒤 마리야는 부르민이라는 청년과 다시 사랑에 빠지게 되는데 부르민의 고백을 듣고 비로소 부르민이야말로 그때 교회에서 자기와 결혼식을 올렸던 바로 그 사람이었다는 걸 알게 된다.

독자는 제사로 인용되어 처음부터 작품에 음산한 전조를 드리우는 주콥스키의 〈스베틀라나〉 때문에, 그리고 무섭게 몰아치는 눈보라 때문에 무언가 불행한 것, 비극적인 사랑의 종말 같은 것을 기대하게 된다. 그러나 결국 일어난 일은 아무것도 없다. 어느 귀족 아가씨가 교회에서 어느 남자와 결혼식을 올리고 몇 년 후 그와 진짜 결혼을 하게 되었을 뿐이다. 이야기 중에 삽입된 다음의 구절은 〈눈보라〉의 본질, 더 나아가 《벨킨 이야기》 전체의 본질을 대변해 준다.

> 그러면 여기서 네나라도보의 선량한 지주댁으로 돌아가 무슨 일이 일어났는지 알아보자.
>
> 거기선 아무 일도 일어나지 않았다.

그렇다! 아무 일도 일어나지 않았던 것이다. 푸시킨은 "이루어질 수 없는 사랑"의 이야기를 풀어 가는 척하다가 갑자기 해피엔딩으로 마무리 지음으로써 방심하고 있는 독자의 허를 찌르고 또다시 감상적이고 낭만적인 연애 소설을 패러디하는 것이다.

아무 일도 일어나지 않기는 〈장의사〉도 마찬가지다. 장의사 아드리안 프로호로프는 이웃에 사는 독일인 제화공의 집에서 열리는 파티에 갔다가 잔뜩 취해서 집으로 돌아온다. 바로 그날 밤 그가 장사지냈던 사람들이 그의 집을 방문한다. 그의 집은 순식간에 망자들의 잔칫집으로 변하고 그는 너무도 두려워 기절한다. 그러나 깨어 보니 이 모든 것이 꿈이었다. 송시 작가 제르쟈빈의 엄숙한 수사 "우리는 날마다 관을 보는 것 아닐까, 이 늙어 가는 우주의 백발을?"로 시작되는 이 이야기는 〈장의사〉라는 제목답게 독자에게 초자연적인 괴기담을 연상시킨다. 독자는 죽은 자의 부활, 망자들의 향연 혹은 무덤의 복수 같은 으스스한 고딕 소설을 기대하지만 초자연적이거나 공포스러운 사건은 아무것도 일어나지 않은 채 이야기는 해피엔딩으로 끝난다. 오히려 장의사, 장례식, 매장, 유령 등 죽음과 관련된 음산한 개념들은 푸시킨이 뿌려 놓은 희극적 장치로 인해 희석되고 이야기 전체는 한마디의 무해한 농담으로 축소된다. 푸시킨의 장난기는 장의사의 대문에 걸린 간판에서 절정에 달한다: "횃불을 거꾸로 든 통통한 큐피드"가 그려진 간판, 이 행복하고 귀여운 큐피드는 〈장의사〉가 무서운 유령과는 관계없는 이야기임을 넌지시 말해 주는 암시이며 동시에 푸시킨이 텍스트 안에 슬쩍 끼워 넣은 스스로의 모습이라 할 수 있다.

〈역참지기〉의 경우 기존하는 문학에 대한 패러디는 내용 뒤집기의 형태로 실현된다. 우선 〈역참지기〉의 내용을 보자. 홀아비 노인이 예쁘장한 딸과 함께 살고 있는 역참에 어느 날 민스키라는 이름의 기병장교가 말을 갈아 매러 들렀다가 병이 나는 바람에 며칠간 묵어 간다. 그는 병상에 일어나자 역참지기의 딸 두냐와 함께 도망가 버리고 역참지기는 딸의 장래를 걱정한 나머지 반미치광이가 되다시피 하여 장교의 집으로 찾아가지만 몇 푼의 돈만이 그에게 주어질 뿐이다. 집으로 돌아온 역참지기는 시름시름 앓다가 죽고 몇 년 뒤 그의 딸은 귀부인이 되어 아이들과 함께 아버지의 무덤을 찾아온다.

〈역참지기〉는 카람진의 〈불쌍한 리자Bednaia Liza〉를 비롯하여 그 뒤에 쏟아져 나온 숱한 감상주의 아류작들에서 발견되는 전형적인 플롯을 뒤집는다. 즉 가난한 집 처녀가 귀족 청년의 유혹에 굴복한 뒤 그에게서 버림받아 비참한 최후를 맞이하게 된다는 기존의 이야기와 달리 〈역참지기〉의 두냐는 자기를 유혹한(혹은 자기가 유혹한) 귀족과 결혼하여 신분 상승에 멋지게 성공한다. 그러므로 결국 여기서 신세를 망치게 되는 것은 철부지 딸이 아니라 그녀의 늙은 아버지가 되는 셈인데 이 점은 소설의 패러디적인 측면을 한층 강화시켜 준다. 역참지기는 이중의 실수를 저지름으로써 스스로의 생명을 단축한다. 즉, 민스키가 병에 걸렸다며 역참에 며칠씩 묵어 지낼 때, 그가 꾀병을 부리고 있다는 것이 너무나 분명한데도 역참지기만이 그 사실을 모르고 넘어간다. 그의 두 번째 실수는 민스키의 진심을 제대로 파악하지 못한 데 있다. 역참지기는 순진한 독자처럼 감상주의 소설의 천편일률적인 플롯에만 사로잡혀 민스키가 진정으로 딸을 사랑하여 결혼하게 될 수도 있다는 가능성을 부인한다. 이 점에서 역참지기의 숙소에 걸려 있는 〈돌아온 탕아〉 그림 시리즈는 역참지기의 운명을 고의적으로 '잘못' 예고해 준다고 볼 수 있다. 〈돌아온 탕아〉에서는 자비로운 아버지가 방탕한 생활을 하던 자식을 너그러이 맞아 준다. 그러나 〈역참지기〉에서는 어리석은 아버지가 올바르고 행복하게 살아가는 자식을 거부한다. 역참지기의 불행한 죽음은 어떻게 보면 냉정한 저자 푸시킨이 《예브게니 오네긴》에서 유치한 시인 렌스키에게 마련해 준 죽음과 같은 종류의, 그러니까 시대에 뒤떨어진 문학이 맞이할 수밖에 없는 죽음이라 할 수 있을 것이다.

마지막으로 〈귀족 아가씨—시골 처녀〉를 살펴보자. 러시아식 지주 베레스토프와 영국식 지주 무롬스키는 견원지간이다. 어느 날 베레스토프의 아들 알렉세이가 고향에 돌아오자 무롬스키의 딸 리자는 호기심 때문에 시골 처녀로 변장을 하고는 알렉세이를 만나러 간다. 알렉세이는 시골 처녀로 변장한 리자에게 사랑을 느끼게 된다. 나중에 두 지주는 화해를 하고 알렉세이는 자기가 좋아하는 시골 처녀가 지주의 딸 리자라는 걸 알게 되어 두 집안은 행복하게 맺어진다. 〈로미오와 줄리엣〉을 연상시키는 집안 간의 반목은 여기서 두 청춘 남녀의 결합에 아무런 장애 요소도 되지 못한다. 한마디로 말해서, 알렉세이와 리자가 만나 서로 사랑하여 결혼하게 되었다라는 것이 이 소설의 줄거리이다. 리자가 시골 처녀로 변장하는 바람에 무언가 갈등이 생겨나고 플롯이 얽히게 되리라고 예상한 독자의 기대는 무너진다. 결국 또다시 아무 일도 일어나지 않은 것이다. 앞에 나온 네 편의 이야기와 마찬가지로 〈귀족 아가씨—시골 처녀〉의 묘미는 이야기 자체에 있는 것이 아니라 집안 간의 반목이라든가 뒤바뀐 신부 같은 기존하는 이야기의 플롯을 뒤집는 데 있다. 갈등도 긴장 요소도 클라이맥스도 없는 이 이야기가 그럼에도 재미있게 읽힐 수 있는 것은 아마도 독자와 인물과 화자 모두를 자기 마음대로 통제하는 푸시킨의 능수능란한, 거의 신기에 가까운 소설적 역량 때문일 것이다.

《벨킨 이야기》는 다양한 문학적 주제와 플롯들을 패러디의 대상으로 삼는다. 그러나 이 이야기들에서 푸시킨의 의도가 전적으로 패러디에 국한되었다고 보기는 어렵다. 언제나 그렇듯이 푸시킨의 태도는 여기서도 이중적이다. 그는 패러디하는 동시에 수용하고 수용하는 동시에 거부한다. 외래 문화의 모든 요소들은 그의 펜 아래서 가차없이 조롱당하는 한편 진지하게 그의 문학 세계로 흡수되기도 한다. 그러므로 그의 작품은 언제나 '남의 것'과 '나의 것'의 대화라는 형태로 드러나게 된다. 《벨킨 이야기》 역시 외래적인 문학의 틀을 거부하려는 데 목적이 있는 것이 아니라 외래 문학의 틀을 빌려 와 자기의 문학으로 창조하는 데 목적이 있다. 각각의 이야기에는 외국적인 것에 대한 암시들이 곳곳에 박혀 있다. 〈마지막 한 발〉의 주인공 실비오는 이탈리아 이름이다. 〈눈보라〉의 주인공 마리야는 프랑스 소설을 탐독하며, 〈장의사〉에서는 셰익스피어가 언급되고 독일 제화공이 등장한다. 〈역참지기〉에 나오는 그림에는 독일어로 된 시구가 첨부되어 있고 〈귀족 아가씨—시골 처녀〉는 이름에서부터 복장에 이르기까지 영국적인 것들로 가득 차 있다. 이런 외국적인 요소들은 풍자나 패러디가 아닌 세계 문화와의 대화라는 맥락에서 읽혀야 할 것이다.

그건 농담이었어
—〈스페이드의 여왕〉

푸시킨의 산문 중에서 가장 완벽한 균형미를 지녔다고 평가받는 〈스페이드의 여왕〉은 1833년, 두 번째 '볼지노 가을'에 씌어져 이듬해 출판되었다. 일체의 장식이나 부연을 과감하게 제거한 절제된 문장, 완전 무결한 화자에 의해 통제되고 있다는 느낌을 주는 균형 잡힌 구성, 소름 끼칠 정도로 객관적인 내레이션 등은 이 짤막한 단편을 산문 문학의 전범으로 만들어 준다. 중립적이고 빈틈없는 화자는 자연적인 것과 초자연적인 것, 현실과 환상, 논리를 뛰어넘는 우연의 일치와 사실적인 시공을 단순 명쾌하게 기록하면서도 엄정한 객관성을 유지한다. 이 점에서 〈스페이드의 여왕〉은 낭만주의와 사실주의, 고딕 소설과 사회 소설, 애정 소설과 심리 소설, 진지한 가치와 그것에 대한 패러디를 모두 수용하는 어마어마하게 '큰' 소설로 간주될 수 있을 것이다.

이 이야기의 내용은 다음과 같다. 게르만은 아버지한테

물려받은 약간의 돈으로 생활하는 야심 많은 청년이다. 그는 노름은 좋아하지만 "여분의 돈을 따기 위해 꼭 필요한 희생을 치를 수는 없다"는 생각에서 노름판에 언제나 구경꾼으로만 참여한다. 그러던 어느 날 노름꾼 중의 하나인 톰스키가 자기 할머니에 관한 이야기를 해 준다. 늙은 백작부인은 반드시 이기는 석 장의 카드패를 알고 있다는 것이다. 그 얘기에 솔깃해진 게르만은 할머니에게 접근하기 위해 우선 그녀의 피후견인인 리자라는 아가씨에게 거짓 사랑을 고백한다. 리자를 통해 할머니의 방에 들어간 그는 백작부인에게 비밀을 털어놓으라고 종용하지만 백작부인은 놀란 나머지 그만 숨을 거두고 만다. 얼마 후 게르만에게 백작부인의 유령이 나타나 이기는 카드패는 "3, 7, 에이스"라고 가르쳐 주고 게르만은 이 비밀을 이용하여 대규모 도박에 참가해 연거푸 두 번이나 거액의 돈을 딴다. 그러나 세 번째 게임에서 '스페이드의 여왕'을 에이스로 착각하는 바람에 그는 땄던 돈을 모조리 잃고 그만 미쳐 버린다.

구성에 있어서 〈스페이드의 여왕〉은 그로테스크와 보일 듯 말 듯한 아이러니의 실로 정교하게 짜여져 있다. 인물과 사건들은 여기저기 깔린 아이러니의 그물을 통과하면서 차츰 그 본래의 의미가 모호해지고 독자는 푸시킨의 의도가 무엇일까 하는 의혹에서 벗어나지 못하게 된다. 우선 주인공 게르만은 "나폴레옹의 얼굴과 메피스토펠레스의 영혼"을 가진 "대단히 낭만적인" 인물이라고 묘사되지만 실제로 그는 졸렬하고 소심한 악당에 불과하다. 리자는 표면상 아름답지만 가난한 여자, 부와 권력의 희생자가 된 여자, 게르만의 탐욕을 사랑으로 오인하고 정을 주어 버린 가엾고 순진한 여자로 그려지며 리자와 게르만의 관계에서 독자는 리자의 도덕적 우월성을 단정 짓고 싶어진다.

그러나 사실상 리자는 게르만의 분신이라 할 수 있을 정도로 게르만의 모든 속성을 지니고 있다. 그녀와 게르만은 둘 다 집도 없고 부모도 없고 돈도 없다. 게르만이 돈을 위해서 아름다운 리자에게 접근하듯이 리자 역시 현실적인 이유에서, 그러니까 늙은 백작부인으로부터 벗어나고자 하는 욕망에서 멋진 청년의 등장을 기대한다. 백작부인이 죽자 그녀는 마침내 돈 많은 관리와 결혼하는데 그녀의 남편은 공교롭게도 백작부인의 집사(그가 백작부인 몰래 그녀의 재산을 빼돌린 것은 문맥상 분명하다)였던 사람의 아들이다. 게르만이 백작부인의 죽음으로부터 아무것도 얻지 못한 것은 물론이거니와 그나마 가지고 있던 것까지 모조리 잃어버린 데 반해 리자는 모든 이익을 혼자 다 챙긴 셈이 된다. 그녀는 마치 과거에 자기가 당한 수모에 복수라도 하듯 가난한 친척집 딸을 데려다가 키우기까지 한다. 그러므로 게르만의 발광과 리자의 행복한 결혼을 권선징악으로 치부하기에는 어딘지 석연치 않은 점이 있다.

게르만의 뒤틀린 야심은 열정의 형태로 변이될 때 가장 그로테스크한 성격을 띠게 된다. 그는 독일 소설에서 문자 그대로 베껴 쓴 연애 편지를 리자에게 보낸다. 그러나 부에 대한 그의 강박증적 집착은 곧 진짜 열정으로 전이되어 그는 더 이상 베껴 쓸 필요가 없게 된다. 그는 신들린 사람처럼 자기의 언어로 열정적인, 그러나 진심은 손톱만큼도 담기지 않은 사랑의 고백을 늘어놓고 마침내 리자는 그의 언변에 넋이 나가 답장을 쓰게 된다. "열정적인" 거짓 연애 편지가 감상주의의 서간체 문학을 가차없이 패러디한다면 게르만과 백작부인의 대면은 이미 패러디의 차원을 넘어 순수한 그로테스크 그 자체가 된다. 어두운 나선형 계단을 올라가면 아름다운 처녀가 자신을 기다리고 있는 상황에서 게르만은 마치 연인처럼 가슴을 두근거리며 백작부인의 침실로 잠입해 들어간다. 여든일곱 살 먹은, 거의 송장이나 다름없는 노파에게 그는 마치 연인처럼, 그러나 사랑을 구걸하는 연인과 달리 부를 구걸한다. 80대 노파와 20대 청년의 이 그로테스크한 대면은 러시아 문학사에서 잊히지 않는 명장면 중의 하나로 손꼽힌다.

그러면 괴기담도 아니고 교훈 소설도 아닌 이 이야기의 핵심은 무엇일까? 우리는 이 이야기에서 무엇을 읽어 내야 하는 것일까? 이 텍스트는 그동안 여러 가지 방식으로 숨은 의미를 찾는 연구자들을 자극해 왔다. 가령 3이나 7 같은 "마법의 숫자"가 반복적으로 사용된 점은 기호학자들에게 "숫자 기호학"이라는 새로운 영역을 열어 주었고, 또 절제된 문장들은 산문 속에서 시의 리듬을 찾아내려는 시학자들을 자극했으며, 여러 가지 은유와 상징들은 심리학적 비평가들에게 훌륭한 소재를 제공해 주었다. 또 문학적 주인공의 전후 관계를 연구하는 문학사가들에게 게르만은 바이런적 주인공과 《노름꾼*Igorok*》의 알렉세이 이바노비치, 《죄와 벌*Prestuplenie i Nakazanie*》의 라스콜니코프를 이어주는 교량으로 간주되기도 했다.

그러나 숨은 의미를 찾으려 한다는 것 자체가 어쩌면 푸시킨이 쳐놓은 함정에 걸려들었다는 것을 의미할지도 모른다. 푸시킨은 〈스페이드의 여왕〉에서 두 가지 게임을 보여 준다. 첫째가 작품 안에서 언급되는 도박이라면 두 번째는 게르만과, 그리고 더 나아가 독자와 벌이는 저자의 게임이다. 푸시킨과 게르만의 게임이 진행됨에 따라 게르만은 바이런적인 악당은커녕 비참한 바보임이 드러나게 된다. 그의 실수는 첫째 도박의 생리를 이해하지 못했다는 데에 기인한다. 도박이란 원래가 일회성, 우연, 비논리성에 기초한 게임이다. 도박은 철저하게 논리성을 거부한다. 그러므로 "반드시 이기는 카드"란 근본적으로 모순이다. 그러나 오로지 계산과 이해 타산으로 일관된 삶을 살아온 게르만에게는 이렇게 자명한 진리가 눈에 보이지 않는다.

그의 두 번째 실수는 도박꾼의 생리를 이해하지 못했다는 데 기인한다. 도박꾼이란 모든 것을 잃어도 좋다는 각

오를 하고 덤벼드는 사람들이다. 그러므로 아무것도 희생하지 않고 얻기만 하려는 사람은 도박꾼이 될 수 없다. 작품에 등장하는 생제르맹, 백작부인, 체칼린스키 등이 모두 이 점을 충분히 이해한 진짜 도박꾼들임에 반해 냉혹하고 계산적인 게르만은 가짜 도박꾼에 불과하다. 그러므로 가짜 도박꾼이 진짜 도박에서 실패하는 것은 너무도 당연한 결과이다. 게르만은 이기기 위해 철저하게 계산을 하고 도박에 뛰어들지만 바로 그 계산 때문에 파멸한다.

세 번째 결정적인 실수는 백작부인의 말을 제대로 이해하지 못한 데에 있다. 이기는 카드를 가르쳐 달라는 게르만의 요청에 백작부인은 "그건 농담이었어"라고 대답한다. 그렇다, "반드시 이기는 카드패"란 것은 농담일 수밖에 없는 것이다. 그것은 아무런 체계도 반복도 거부하는, 특정한 시간과 공간에서, 특정한 맥락과 분위기 속에서, 어느 특정 인물이 한번쯤 시도해 볼 수도 있는 농담인 것이다. 게르만의 어리석음은 이렇게 타인에게는 농담인 것을 진지하게 생각하여 거기에 자신의 모든 행복을 걸었다는 데에 있다. 게르만의 비참함은 이중적인 것이다. 그는 가난하므로 비참할 뿐 아니라 자명한 진리도 보지 못하기 때문에 비참하다. 이런 관점에서 보면 이 작품에 초자연적인 요소는 아무것도 없다고 할 수 있다. 어리석은 자가 바로 그 어리석음 때문에 스스로의 파멸을 초래했다는 매우 자연스럽고 논리적인 사실만이 있을 뿐이다.

이렇게 푸시킨은 주인공에게 끊임없이 거짓된 생각을 불어넣고 미혹시킴으로써 그를 파멸의 지경까지 몰고 간다. 환상과 상징에, 초자연적인 것과 유령의 존재에 미혹당하여 게르만과 똑같이 무언가 엄청난 기적 같은 것을 기대했던 독자는 게르만과 마찬가지로 푸시킨과의 게임에서 함정에 빠졌다고 볼 수 있을 것이다. 그러나 그의 작품이 언제나 우리를 자극하고 매혹시키는 이유는 바로 이러한 함정 때문인지도 모른다.

|작가 연보|

1799 5월 26일, 모스크바에서 중위로 퇴역한 모스크바 대표부 관리 세르게이 르보비치 푸시킨과 나제즈다 오시포브나 사이에서 출생.

1811 다른 귀족 가문의 엄선된 자제들과 함께 새로 개교한 리체이에 입학.

1815 1월 8일, 진급 시험 시험관으로 온 제르자빈과 대면.

1817 학생 신분으로, 《아르자마스》라는 진보적인 문학 동호회 임원으로 선출됨.

6월 9일, 리체이 졸업.

6월 13일, 외무부 관리로 임명받고, 선서식.

1820 남부 유형에 처해짐.

5월 27일, 인조프 장군이 있는 예카체리노슬라프에 도착.

9월 21일, 상관인 인조프 장군을 따라 키시뇨프로 이주. 유형지에 있을 때 《루슬란과 류드밀라》를 출판, 큰 반향을 일으킴.

1821 2월 20일, 서사시 〈카프카즈의 포로〉 완성.

1822 서사시 〈강도 형제〉 완성. 〈카프카즈의 포로〉 발표.

1823 봄, 상관이 보론초프 장군으로 바뀌면서 오데사로 전보.
5월 9일, 《예브게니 오네긴》 집필 시작.
11월 4일, 〈바흐치사라이의 분수〉 완성.

1824 1월 말, 〈집시〉 집필 시작.
3월 10일, 〈바흐치사라이의 분수〉 발표.
8월 1일, 오데사를 떠나 새로운 유형지이자 부모님의 영지이기도 한 프스코프 현의 미하일롭스코예로 출발.
8월 9일, 미하일롭스코예에 도착, 이곳에서 2년간 유배 생활.
10월 〈집시〉 완성.

1825 12월 14일, 페테르부르크의 원로원 광장에서 데카브리스트 봉기 발발.

1826 9월 8일, 니콜라이 1세와의 독대.

1827 3월 〈집시〉 발표.

1828 장기 여행 시도 실패.

1829 5월 1일, 나탈리야 곤차로바에게 청혼, 그러나 완곡하게 거절당한 뒤 카프카즈로 출발.

1830 5월 6일, 곤차로바와 약혼.

8월 31일, 모스크바를 떠나 볼지노로 출발.

9월, 《고 이반 페트로비치 벨킨의 이야기》 중 〈장의사〉, 〈귀족 아가씨 — 시골 처녀〉를 쓰고, 7년가량 집필했던 《예브게니 오네긴》 완성.

10월, 〈눈보라〉, 〈마지막 한 발〉, 〈역참지기〉, 서사시 〈콜롬나의 작은 집〉, 미하일롭스코예 시절 이미 구상했었던 소비극 〈모차르트와 살리에리〉, 〈인색한 기사〉 집필.

11월 소비극 〈역병 기간 중의 향연〉, 〈석상 방문객〉, 소설 〈고류히노 마을의 역사〉 및 서정시 〈잠 안 오는 밤에 쓴 시〉 집필.

1831 《보리스 고두노프》 출판.

2월 18일, 모스크바의 한 교회에서 나탈리야 곤차로바와 결혼.

1832 소설 〈두브롭스키〉 시작.

딸 마샤 출생

1833 소설 〈스페이드의 여왕〉, 《대위의 딸》 집필. 〈두브롭스키〉 완성.

딸 사샤 출생.

여름, 넉 달간 푸가초프 봉기 지역 여행을 허가받고, 오렌부르크와 카잔 현 여행. 여행 이후 볼지노로 가서 〈푸가초프 반란사〉 완성, 〈청동 기마상〉, 〈안젤로〉 등 작업.

1834 〈스페이드의 여왕〉, 《대위의 딸》 완성.

12월 말, 시종보에 임명.

1835 〈이집트의 밤〉 집필.

아들 그리샤 출생.

1836 문학 계간지 《현대인》 발행 시작.

딸 나타샤 출생.

1837 1월 10일, 단테스, 예카테리나와 결혼.

1월 26일 결혼한 이후에도 공공연히 나탈리야에게 추근거리는 단테스에게 다시 결투 신청.

1월 27일, 낮 4시, 페테르부르크 시내의 과자점에서 결투 증인과 함께 결투지로 출발. 교외에서 결투.

1월 29일 2시 45분, 페테르부르크 모이카 거리에 위치한 아파트에서 사망.

석영중
고려대 노어노문과 교수. 고려대 노어노문과를 졸업하고 오하이오주립대에서 노문학 박사학위를 받았다. 2000년에 러시아 정부로부터 푸시킨 메달을 수여받았으며, 제40회 백상번역상을 수상했다. 저서로는《러시아 시의 리듬》,《러시아 현대 시학》,《러시아 정교》,《도스토예프스키, 돈을 위해 펜을 들다》가 있으며,《우리들》,《레퀴엠》,《광기의 에메랄드》,《마호가니》,《뿌쉬낀 문학작품집》(전 6권),《가난한 사람들》,《벌거벗은 해》 등을 우리말로 옮겼다.

스페이드의 여왕 | 고려대학교청소년문학시리즈 016
초판발행 · 1쇄 2009년 12월 22일 | 지은이 알렉산드르 푸시킨 | 옮긴이 석영중
펴낸곳 고려대학교출판부 | www.kupress.com kupresskorea.ac.kr
136-701 서울특별시 성북구 안암동 | Tel 02-3290-4230, 4232 Fax 923-6311
찍은곳 한국컴퓨터인쇄정보
값 8,000원 ISBN 978-89-7641-703-9 04890 | ISBN 978-89-7641-639-1 (세트)